Als waschechtes Bayreuther Nachkriegskind hat der Autor während seiner kurzen Aufenthalte in der Fremde (Studium, Urlaube) nie seinen heimischen Dialekt verleugnet. So war es nur folgerichtig, dass er nach einigen Gedichten auf Hochdeutsch die Bayreuther Mundart auch für seine „Gschichtla vom Schorsch" benutzte und diese damit authentisch machte. Nach Beendigung seiner zahnärztlichen Tätigkeit hat er als Ruheständler trotzdem ab und zu die Zeit zum Reimen. Und in Bayreuth werden die Themen sicherlich nicht ausgehen.

Um das Lesen und damit das Verständnis zu erleichtern, wurden die Konsonanten T und P bewusst nicht ins fränkische D und B übersetzt.

Gewidmet allen, die, ohne es zu ahnen,
an den Gedichten mitgewirkt haben

Dr. Günter Ammon

Halt a weng a Gwaaf

Gedichte in Bayreuther Mundart

Herausgeber: Nordbayerischer Kurier GmbH & Co. Zeitungsverlag KG
Autor: Dr. Günter Ammon
Umschlaggestaltung: Dr. Günter Ammon, Gerhard Knobloch

1. Auflage 2011
Verlag: tredition GmbH, Mittelweg 177, 20148 Hamburg
Printed in Germany
ISBN: 978-3-8424-1123-4

Inhaltsverzeichnis

Der junge Schorsch

Danksagung

Beim Schorsch und seina Eltern wor
a Onkel zu Besuch letzts Johr.
Der Mutter hot er Bluma brocht
und aa on Schorsch hot er gedocht,
a G`schenkla, halt a Klaanigkeit.
Und noch aaner korzen Zeit
stellt sich der Bimpf dann vor ihn no
und socht ganz ortig zu dem Mo:
„Onkel Franz, ich dank recht schee!"
„Bitte Schorschi, loss ner geh!"
maant der drauf, halbwegs geehrt,
„des wor der Red doch gor net wert!"
„Der Meinung bin ich eingtlich aa",
socht zu ihm brühworm der Klaa,
„bloß wollt die Mama dann halt ehm,
doss ich mich bedank trotzdem!

Die Oma

Des Schorschla kummt zur Mutter grennt,
fuchtelt wild mit seine Händ
und socht zu ihr ganz aufgrecht glei
und lacht sogor a weng dabei:
„die Oma sitzt om Esstisch fei,
beißt fort in ihr Serviettn nei
und trinkt dazu, des is doch bleed,
aus dem klann Väsla, des do steht!"
„Du Fregger!" socht die Mutter do,
schaut na dobei strofend o
und packt na fest aa nuch im Gnick,
„gib ihr sofort ihr Brilln zurück!"

Afrika

Der Schorsch wor in der dritten Klass,
oft macht die Schul ja do nuch Spass,
do ham se, Lehrplon oder net,
mol über Afrika aa gredt.
„Wer kann fünf Tiere mir mal nennen,
die wir aus Afrika nur kennen?"
frächt der Lehrer seine Kinna.
Der Schorsch braucht sich net long besinna,

meldt sich glei, kummt aa prompt dro,
socht dann und lacht den Lehrer o:
„Fünf Viecher, des is leicht zu schaffen,
zwaa Löwen halt und drei Giraffen!"

Der Wecker

Wie der Schorsch a Bu nuch wor,
so ungefähr vo 5, 6 Johr,
hot er sich, wie`s oft passiert,
für alle Sachen intressiert,
wo sich wos schraubn und drücken lässt,
für a Kind des größte Fest.
Eines Togs wor er dabei,
an Radio, der nuch ganz nei,
zu prüfen auf sei Haltborkeit.
Die Mutter kummt:" Du liebe Zeit,
loss des saa, gib des Ding mir!"
Der Schorsch, erschrocken, socht drauf:"dir?,
du häst ja gestern in der Nacht
den Wecker fast kaputt erscht g`macht!"
„Wieso, wie kummst denn do drauf jetzt?"
frocht sei Mutter leicht entsetzt.
„ Naja", socht prompt der Schorsch ihr do,
„ich wor heit Nocht amoll am Klo

und do hob ich deitlich g`hert,
wie der Papa sich beschwert.
Er hot gsocht, du worst ganz stumm,
du tust nuch so lang do dro rum,
bis er steht aa irgendwann
und morgn früh verschlof mer dann!"

Das Fußballspiel

(nach einer Kurzgeschichte von R. Goscinny)

Ma schwärmt ja, wenn ma älter werd
-und meistens is aa net verkehrt-
davo, doss so vor 50 Johr
alles nuch vill schenner wor,
net so a Gwärch wie heitzudoch-
so mancher sehnt sich nuch danoch!
Computer hots nuch kaana geem
aa ohne Fernsäng musst ma leem,
es hatten ja zu dera Zeit
an Apparat bloß wenig Leit.
Die Kinner ham am Nachmittoch
drum draußen gspillt, des wor ka Froch!
Vom ganzen Vertel worn die Bum
bloß bei Reng drin in der Stum,

ansonsten ließ die ganze Quliqun
sich selten aa dahaam mol blicken.
Der Plotz zum Spilln wor kaa Problem,
es hot nuch manches Grundstück geem,
wo alles stork verwildert wor,
mit Mauerresten aa sogor,
„Zutritt verboten“ stand daneem,
doch kaaner hot do drauf wos geem,
und Gartenzäun worn, des is gwiss,
für Bum nuch nie a Hindernis.
Verstecken macht do ja vill Sinn,
aa „Räuber und Gendarm“ wor „in“,
doch Fußball spilln wor jederzeit
für alle doch die größte Freid!
Die Bäll, die worn aus Plastik meist,
ham drum ihrn Dienst oft net lang gleist,
denn jeder Scherm und spitze Staa
konnt für den Ball des End scho saa!
A echter Lederboll wor drum
des höchste Glück für alle Bum.
Eines Tages kummt der Schorsch,
a klaaner, aufgeweckter Borsch,
ganz aufgrecht in die Schul zur Frieh,
stellt gleich sich vor die Tafel hie
und frocht mit stolzgeschwellter Brust:
„Wer hot zum Fußbollspilln heit Lust?

Ich hob an Lederboll dahaam,
der is ganz toll, des kennter glaam.
Ihr werd stauna, wie der fliecht,
ich hob na zum Geburtstoch griecht!
Heit nochmittoch probiern mern aus,
kummt alle zu der Wiesn naus,
wo mir sunst aa immer sinn
a Super-Spiel, des is heit drin!
Um Dreier, denk i, fang mer on,
soll jeder kumma, wenn er konn!"
Und werklich, so bis korz vor Drei
trudeln se aa alla ei.
Doch wie se durchgezählt dann ham
worn 13 Freindla halt beisamm,
des geht net auf, des is ja klor,
doch schnell die Lösung gfunna wor:
es muss halt aaner Schiri machen!
A solcher Job is net zum Lachen,
a jeder meckert ihn bloß o,
freiwillig meld sich kaaner do.
Der Korl, des is der Klassensprecher,
a großer, storker und ganz frecher,
bestimmt dafür den Norbert schnell.
„Du machst`s doch sicher gern aa gell,
oder host du wos dageng?
Des solltst der fei gut überleng!

Sonst kriegst vo mir a Trümmer Watschn
und konnst glei widder haamwärts latschen!"
Der Norbert, klaa und ruhig, mit Brilln,
hot halt erfüllt dem Korl sein Willn.
Sportlich wor er eh net recht,
im Fußbolln sogar ziemlich schlecht,
drum worn aa die andern froh,
doss der Karl entschieden so.
Außerdem, mit seiner Brilln
konnt er eh net richtig spilln,
denn leicht könnt die kaputt ja geh,
und des wär dann gor net schee!
Denn beim Pflocken geht's hoch her,
der Kampf, der überwiegt doch sehr.
Die Sach scheint domit scho vorbei,
do fällt dem schlaua Norbert ei:
„Ich konn kann Schiri machen, Stop!
Wall ich ja gor kaa Pfeifn hob.
Die Überraschung, die is groß,
sie schaun sich on, wos mach mer bloß?
Do meld sich scho der klaane Fritz:
„ ich saus los, schnell wie der Blitz!
Mir ham dahaam a Pfeifn lieng,
ich glaab, die könnt ich scho mol krieng."
Er is glei losgrennt wie net gscheit,
die annern, in der Zwischenzeit,

die ham zwaa Mannschaftsführer gwählt.
Naja, ganz richtig is so net derzählt,
die ham sich aufgstellt vo allaa!
„Der aane wer ja ich wohl saa!“
hot gleich der Korl sich vorgedrängt,
„ich glaab, dass ihr genauso denkt!
Wer wos dageng hot, der solls song,
dem hau i dann glei nei sein Mong!“
Der Michi, sportlich, rote Hoor,
spielt lang scho im Verein sogor
drum wors vo vornarei scho klor,
dass er der and`re Käptn wor.
Der hot sich glei zu Wort gmeld aa:
„Torleit bräuchat mer nuch zwaa!“
Ka Problem, sollt ma ja maaner,
doch machn wollts zuerst mol kaaner.
Noch ob´n is ganga net aa Händ
ganz ruhig is worn in dem Moment,
jeder schaut stur auf die Wiesn,
bloß net riehrn is die Devisn,
denn wenn Torleit Fehler machen,
ham sa nochher nix zu lachen,
haut a Stürmer mol danehm,
dann is halt der Plotz schuld ehm.
Und außerdem stehst do bloß rum,
net des Wohre für an Bum,

der Fußball spilln und renna will
und Tore schießen möglichst vill.
So is eigentlich kaa Wunner,
doss ka Torwart sich hot gfunner.
Der Korl hot desweng, leicht verstimmt,
an Freiwilligen dafür bestimmt.
„An Torwart macht halt jetzt der Klaus,
der füllt des Tor am Besten aus!
Wennst des net machst, mei lieber Borsch,
dann kriegst vo mir an Tritt in Orsch!"
Der Klaus is werklich ganz schee fett,
schnell laafn konn er so ja net,
drum is er richtig für den Posten
zwischa denen beiden Pfosten.
Naja, Pfosten is vielleicht net richtig,
zwor sin se sicherlich sehr wichtig,
doch tuns zwaa Ästla von am Strauch,
wenn ma kann Bolzplotz hot, ja auch.
Querlatten hots dafür net gehm,
so manchen Streit hots desweng gehm,
denn oft entscheidend wor die Froch
wor der Boll drin oder zu hoch?
Die Bum sinn langsam unruhig worn
der Korl drängt sich <u>zu</u> weit noch vorn!
„so werd des Aufstelln nix genaus
den zweiten Torwart los mer aus!"

Des Herbertla hot sich do gmeld
und mutig vor den Korl no gstellt.
Der wor perplex und sprochlos schier,
die andern worn sofort dafier.
„Mit Groshalm gehts schnell, werd ihr säng,
mir brauchen 9 vo gleicher Läng,
an korzn dann nuch drunter gmischt
und wer den dann glei derwischt,
der derf den 2.Torwart machn.
So funktionierts, wär doch zum Lachen!"
Scho hot der Herbert aa des Gros
in der Händ, des Ziehn geht los,
der Hans hot gleich den kurzen zong
und dabei sei Gsicht verzong:
„Vielleicht muss ichs net dauernd saa,
mir könntn ja mol wechseln aa!"
Doch hot ihm des jetzt gor nix gnützt,
denn kaaner hot ihn unterstützt.
Der Korl hot sofort Lunte grochen
und aa gleich a Machtwort gsprochen:
„No, Hansi, willst woll ebber net?
Mach desweng jetzt fei kaa Gfrett,
sonst kriegst vo mir erst a poor Schelln
und konnst dich dann ins Tor neistelln!"
Des meiste wor damit geklärt,
kaaner hot sich mehr beschwert,

es mussten bloß zu allerletzt
die andern aufgeteilt wern jetzt.
Grod wie sa do nuch drieber worn,
kummt mitn Rod der Gerd ogfohrn,
a großer Kerl, dürr wor er aa
mit ziemlich longa Stecklasbaa,
a mordsdrum Nosn, es wor orch,
ausgschaut hot er wie a Storch!
Er wor der aanzig vo der Klasss,
der scho ghabt hot so an Spass,
denn sei Vadder wor stinkreich
und des merkt ma dann aa gleich
am Gerd sein Outfit, wie ma sogt,
heitzutoch is des net gwogt.
Ausstaffiert wor er 1 a:
a Trikot mit der Nummer Zwaa,
Hosn, Stutzn, Fußballschuh,
Schiebaaschoner nuch dazu,
a Profi hätts net besser ghabt-
so kummt der Gerd jetzt ogetappt.
„Ich kumm vielleicht a bissla spet,
ich glab, mei Ormbonduhr, die steht!
Des wor sei Ausred erst amoll.
„Doss du nuch kummst, is net so toll
socht do der Korl sofort drauf,
„denn etz geht's widder nimmer auf!

Du konnst an Linienrichter machen,
do schonst aa deina guten Sachen!"
Begeistert wor der Gerd grod net,
wall er ja gern mitgspillt hätt.
„Wos denkst, wozu ich des Zeich hob?
sogt er dann und werd fast grob.
„Tu dich fei net so aufblosn
sonst hau ich dir aans auf die Nosn!"
fällt na glei der Korl ins Wort,
„des machst etz, oder du gehst fort!"
Der Gerd wor fast scho überredt,
maant bloß nuch: „ohne Fähnla net!"
„Do nimmst dazu a Taschentuch,
des tuts aa, des is genug!"
socht der Korl, langt nei die Hosn,
putzt sich schnell nuch mol die Nosn
und langt na dann sei Tiechla no,
damit er damit winken ko.
Do kummt des Fritzla ogetrabt,
fast hättn san vergessen ghabt,
ganz atemlos, so is er grennt,
mit der Pfeifn in der Händ.
„Ich derf", keucht er glei aufgrecht los,
„nur selber damit pfeifen bloß!"
Vom Opa stammt die Pfeifn gor,
der bei der Eisenbohn mol wor

und des Erbstück derf am End
des Fritzla net geem aus der Händ.
Der Norbert, der hot glei gedacht,
dass jetzt der Fritz den Schiri macht,
doch der wollt davo gor nix wissn.
„ des wer ma anners machn müssen!“
Der Hansi hot do a Idee,
die finden a die annern schee.
„Der Norbert schreit halt einfach immer,
wenns zu an Foul kummt, an schlimma,
der Fritzi pfeift dann aa sofort,
des klappt bestimmt, do drauf mei Wort!
Und außerdem fällt mir grod ei,
der wor beim Losen net dabei!
Vielleicht hätt der den kürzern zong,
des hol mer noch, wollt ich bloß song!“
„Vo vorn fang mer jetzt nimmer on!“
schreia alle wie ein Monn,
denn jeder hot glei Angst davor,
doss er dann nei muss nuch ins Tor.
Der Kurt kromt scho an Groschen raus
„zwischen die zwaa los mers aus!“
socht er „und des geht ganz schnell,
ihr seid doch einverstanden, gell?“
Wers Zehnerla erwischt jetzt gleich
der macht den Torwart halt vo eich!“

Hinterm Rücken dann tut er
des Geldstück wechseln hie und her,
doch irgendwie lässt ers dann los
und es fällt ins hohe Gros.
Der Kurt, der kriegt an großen Schreck,
des Zehnerla is erst mol weg!
Des wor ja domols nuch wos wert,
vo Kinnern desweng sehr begehrt.
A Groschn, des wor grod der Preis
für a große Kugel Eis!
Alle ham se desweng gsucht,
zwischendurch a bissla gflucht,
wall des Gros wor nuch net gmäht,
ober gfunna ham se`s net.
Der Korl greift irgendwann dann ei:
„Schluss jetzt mit der Sucherei!
Wenn ma etz net bald ofanga
is der Nochmittoch verganga!
Die Monnschoften teiln mer gor ei,
dann geht se los, die Bolzerei!"
Des hot dann aa net lang gedauert,
bloß der Kurt, der hot drauf glauert,
dass er Linksaußen machen konn
damit er weiter suchen konn,
wall on dera Stell pfeilgrod
er sei Geld verlorn ghabt hot.

Alle stelln sich schee brov auf,
der Korl putscht sei Mannschaft auf,
doss se bloß gscheit draufgeh solln
wenn se aa wos gwinna wolln,
der Schiri sogt zum Fritz: „pfeif on!"
und des hot er dann geton.
In dem Moment rennt jeder los,
und des Gschrei is riesengroß,
ein Durcheinander is des glei
und bald die schönste Rauferei
kurz, es is a Heidenspass,
so doss kaaner gmerkt hot, dass
der Schorsch, ma konns kaum glaam,
den Boll vergessen hot dahaam.

Faschingsbekanntschaft

Wie der Schorsch nuch Single wor,
praktisch in die besten Johr,
is er gern auf Faschingsbäll,
denn do trifft ma ziemlich schnell
jemanden vom annern Gschlecht
und des wor dem Schorsch ja recht.
Aamoll hot er so dann aa
kennaglernt a junge Fraa,

getanzt mit ihr ganz furios
die ganze Nocht fast pausenlos.
A poormol worn se in der Bor,
ham wos getrunken dort aa zwor,
doch wor a Hintersinn dabei:
a ausgedehnte Knutscherei
in am möglichst dunklen Eck
wor der eigentliche Zweck.
Sie ham vill Spaß mitnander ghabt
und sinn erscht früh dann haamwärts gsabbt.
Der Schorsch hot sie nuch haam gebrocht
und vor ihrer Haustür gsocht:
Etz simmer doch scho recht spät dro,
dei Vadder werd wohl schimpfen do!"
„Der erfährt gor nix davo",
schmunzelt sie und schaut na o,
„grantig werd höchstens mei Mo!"

Beim Faschingsball

Der Schorsch hot, Onfangs 20 Johr,
aa Freindinnen ghabt, des is klor.
Mit aaner, erscht korz oglacht nei,
wollt er zum Tanzen geh dann glei
auf an beliebten Faschingsboll,

des fand des Madla aa ganz toll,
denn sie wor nuch ziemlich jung
und hot gsprüht vor lauter Schwung.
Sie wor verkleidet richtig flott
wie er sie dahaam abgholt hot
und ihr Vadder hot strikt gwollt,
doss sie bis aans dahaam saa sollt.
Sie sinn dann los voll Tatendrong,
ham amüsiert sich gut und long
und in dem heftigen Gedräng
aus die Aung verlorn a weng
und Vadder sowie Uhr verdrängt.
Wie der Schorsch on Aufbruch denkt,
wors a Vertelstund noch Dreia,
er konnt sich auf a Predigt freia,
beim Vadder hot er's eh verschissen.
Er hot aa gor net klingeln müssen,
der Olde hot sie scho erwart,
die Strof für sie werd sicher hart.
„Wos soll denn des!" schimpft er glei los,
wos denken Sie sich eingtlich bloß?
Erschtens is jetzt Viera fast,
mei Frist ham Se extrem verpasst,
und zweitens is des Madla do
gor net mei Tochter, junger Mo!!"

Der Blumenstrauß

Wie der Schorsch nuch jünger wor,
so circa Onfang 20 Johr,
wor er verliebt natürlich aa,
wie könnt denn des aa annersch saa.
Er wor zwor in seim Freundeskreis
immer schneidig und nie leis,
doch hot er sich beim annern Gschlecht
dann meistens net getraut so recht,
wor schüchtern und oft aa gehemmt,
ma konn fast song, a weng verklemmt.
A Madla hot er do verehrt,
rund bloß do, wo sich des ghert,
ansonsten schlank und hübsch dazu,
des bringt na langsam um sei Ruh.
Seit a poor Wochen geht des scho,
jeden Tog sicht er sie do
on der Haltestell vom Bus,
hot aa scho gwechselt mol an Gruß
und übers Wetter mit ihr gredt,
doch weiter kumma is er net.
Schloflos desweng in der Nocht,
hot er sich wos ausgedocht.
Losst Bluma sprechen, socht ma ja,
des werd für mich die Lösung saa!

Ich schenk ihr halt an Blumastrauß,
dann geht se vielleicht mit mir aus,
zum Essen erscht, des wär doch schee
und hinterher ins Kino geh.
Am nächsten Tog is er dann glei
ums Eck rum in die Gärtnerei,
wo er aa Gmüs und Obst eikaaft
und öfters mit der Chefin waaft.
Der schildert er drum aa frei raus,
wozu ern braucht, den Blumastrauß,
und vor am allzu schnellen Kauf,
klärt sie ihn über Bluma auf.
„Bedeutung hot a jeder Strauß,
vorausgesetzt, ma kennt sich aus!
Wolln Sie bloß ins Kino gehen,
empfehl ich Ihnen Orchideen,
wolln Sie sie in den Arm dort nehmen,
kaufen Sie ihr Chrysanthemen,
wolln Sie sie eventuell liebkosen,
schenken Sie ihr rote Rosen
und wolln Sie sie vielleicht auch küssen,
dann nehmen Sie einfach Narzissen.
Sie sehn scho, eigentlich is leicht,
a klaaner Blumastrauß, der reicht!"
Ongstrengt überlegt der Schorsch,
dann, mit am Strahlen socht der Borsch:

„Ich glaab, so könnt der Omd mir glicken,
geem Se mir a Sträußla Wicken!"
Ins Schwarze hot er so getroffn
Die Sach is wie geplant aa gloffn
und scho am nächsten Wochenend
is er zu ihrm Haus hie grennt,
hot sich an tollen Omd vorgstellt
und mutig on der Haustür gschellt.
Der Vadder hot die Tür aufgmacht,
do hot der Schorsch net dro gedacht,
drum wor er erscht a weng verleng
musst sich zunächst wos überleng.
Dann grinst er sei Gegnüber o
und socht ganz ruhig zu dem Mo:
„Grüß Gott Herr Fischer, guten Toch,
ich hätt do mol a klaane Froch:
könnt net ihr Sohn a weng mit geh
zum Fischen naus, des wär doch schee?"
Der Vadder schaut ihn staunend on
„Sie irrn sich da wohl, junger Monn,
ich hab `ne Tochter, keinen Sohn
und heiß auch Vogel immer schon!"
socht der zu ihm do ziemlich forsch.
„Des waaß i scho",maant drauf der Schorsch,
„ich wollt`s zum Einstond bloß net wong
und mein Wunsch so deutlich song!"

In der Natur

Gartenarbeit

Manche Leit, wie ma ja waaß,
macht Gartenbarbeit richtig Spaß,
andere fühln notgedrunga
sich hie und do dazu gezwunga,
dringend notwendige Sachen
dann halt doch amol zu machen.
Dem Schorsch sei Nochbor, des is klor,
ehr vo der erschten Sorten wor,
drum hot der Schorsch die Augn net traut,
wie er mol in sein Garten schaut.
Der sitzt im Liegestuhl bequem,
a Seidla Bier steht aa danehm,
und schaut vo dort in aller Ruh
seiner Fraa beim Ärbern zu.
Die schleppt an Schubkarrn hie und her,
mit Erden voll, dann widder leer,
und legt, des scheint davo der Zweck,
a Beet o in am Garteneck.
Der Schorsch schaut zu a ganze Zeit,
dann frächt er:"wos is los denn heit?
Bist du kronk, doss du nix tust?
Oder host du bloß ka Lust?"

Worauf der Nochbor ihm erklärt,
doss er zu Unrecht sich beschwert.
„Ich wollt ja, doch sie hot`s verboten,
des is nämlich Mutterboden!“

Der Garten

Der Schorsch wor widder mol spaziern.
Oft tut er sich do net geniern,
Leit, die er überhaupt net kennt,
ozusprechn, und am End
a längers Gspräch dann ozufanga.
So is aa desmol widder ganga.
In am Garten, ziemlich groß,
sicht er a Fraa, die steht do bloß
und schaut sich ihra Bluma o.
„An tollen Garten ham Sie do!“
fängt der Schorsch aa sofort on,
„a Rasen wie in Wimbledon,
Bluma gelb und rot und blau
wie auf aaner Gartenschau,
der Obstbaamschnitt, der is perfekt,
die Weg geplättelt und wie g`leckt,
ka bissla Unkraut sicht ma aa,
der Garten könnt net schönner saa.

An Haufn Ärbert ham Se do!“
„Na, na!“ socht sie, „des macht mei Mo!“

Die Hecke

Der Schorsch hot aa a weng an Gartn
und konn`s im Frühjohr kaum erwarten,
doss endlich widder nauswärts geht
und er in seim Garten steht.
Zu do gibt`s ja do ziemlich vill,
doch wall er net fort ärbern will,
legt er sich gern a bissla do
im Liegestuhl am Rasen no,
liest, raucht und trinkt a Bier dazu
und hot am liebsten halt sei Ruh.
Doch stört na do dann mit der Zeit,
doss dauernd irgendwelche Leit
übern Zaun zu ihm neiglotzen
und wecha seiner Faulheit motzen.
Drum denkt er sich: es wär doch schlau,
wenn ich mir an Sichtschutz bau!
Sei Nochbor, aa ein Monn der Tat,
gibt ihm do an guten Rat:
„Pflanz dir halt a Buchsbaamheckn,
do konnst dich wunderbor versteckn!“

Des hot der Schorsch dann aa glei gmacht,
doch wors net ganz so wie gedacht,
drum hält er mol, im Johr scho drauf,
sein Nochborn zwecks der Heckn auf.
„Des mit dem Buchsbaam macht kann Sinn,
die Heckn is ja vill zu dinn!"
moniert er und schaut rotlos drei.
Der Nochbor waaß die Lösung glei;
„Du musst sa obn a bissla schneiden,
dann wächst sa mehra in die Breitn!"
Der Schorsch sinniert, steht ganz ruhig do
und schaut sei Edeltraut lang o.
Endlich socht er dann zu ihr:
„Du hättst dir domols, denk ich mir,
deina longa Hoor, die tollen,
doch net schneiden lossen sollen!"

Der Baum

Der Schorsch geht gern a bissla wandern
mit seiner Fraa und aa mit andern
gleichgesinnten Ehepooren,
und zwor scho seit vielen Johren.
Sie treffen sich dann irgendwo
und fanga dort des Laafen o,

mit Stecken, Hut und Wanderschuh
und meist an Rucksock nuch dazu.
Neilich widder wor`s so weit,
alle worn scho startbereit,
bloß der Schorsch mit seiner Fraa,
die ham gfehlt nuch alle zwaa.
A Vertelstund wor um scho fast,
do kumma se dann doch o`grast.
„Mir sinn zu spät, entschuldigt fei!“
socht der Schorsch als erschtes glei,
„ober ich konn nix dafier,
die Schuld liecht ganz allaa bei ihr!
Telefoniern musst sie nuch schnell,
dann fehlt ihr nuch ihr Brilleng`stell,
und wie ich denk, etz kemmer geh,
muss sie dringend aufs WC!“
„Naja“, maant sie „du host`s bequem,
für dich is des ja kaa Problem,
gehst einfoch hintern nächsten Baam.
Ich konn des net, ich muss dahaam!“
„Des is mir klor“, socht er und grinst,
wallst so an dicken Baam net findst!“

Der Hund

Der Schorsch wor neilich mol spaziern,
wollt an neia Weg probiern
in der Näh vo Pottenstaa.
Er geht do also ganz allaa
durch Felder, Wiesen, Wald und Flur,
genießt die Schönheit der Natur,
die Sunna und die gute Luft
und den leichten Blütenduft.
Wie er dann um a Kurvn biecht
sicht er an Hof, der vor ihm liecht,
do geht der Weg genau vorbei.
Des Haus is längst scho nimmer nei,
ober trotzdem gut in Schuss
und wall der Schorsch vorbei geh muss,
schaut er sich alles aa gut o.
Am Hoftor hängt a Zettel dro,
„Verkaufe Hund" steht ganz groß drauf.
Do stoppt der Schorsch aa scho sein Lauf,
denn drunter steht ganz klaa und schlicht
in Klammern nuch dazu: „er spricht".
Des trifft den Schorsch fast wie a Blitz!
„Des gibt's ja net, des is a Witz!"
denkt er natürlich erscht amoll,
schaut nuch mol hie, es stimmt, jawoll,

es steht do werklich schwarz auf weiß,
doch leider fehlt halt aa der Preis.
„Glaam tu ich`s net“, socht er sich do,
„ich schau mer`n ober scho mol o,
des kost bekanntlich ja nuch nix“,
und is im Hof scho drin ganz fix.
Mutig schellt er und korz drauf
geht aa die Eingongstür dann auf.
A ältrer Mo steht vor ihm und
glei neemdro a Schäferhund.
Der Schorsch sogt erscht amoll Griß Gott,
doss er den Zettel glesen hot
und sich intressieren tät,
wenns ner stimmert, wos dort steht.
„Oder spricht er vielleicht so
wie der im Sketch vom Loriot?“
fällt dem Schorsch dann schnell nuch ei.
„Etz kumma sa halt erscht mol rei!“
sogt der Mo und lacht na o
„und überzeung sa sich davo!“
Kaum sin sa drinna in der Stum,
läuft der Hund um Schorsch erscht rum,
setzt sich, schaut na o ganz groß
und dann lecht er aa scho los:
„Mit einem Johr hob ich scho gredt,
wieso waaß ma bis heit nuch net.

Ich bin halt dann zur Polizei,
wor do a ganze Zeit dabei,
Drogenfahndung erscht amoll,
ober des wor net so toll."
„Dunnerwetter", denkt der Schorsch,
„der spricht ja echt, leckst mich am Orsch!"
und seina Aung wern immer grösser,
doch es kummt glei nuch vill besser!
„Dann bin i zum Geheimdienst ganga,
do konnt ma doch scho mehr ofanga,
und hob drüb`n in Amerika
dem Clinton und der Monica
bei ihre Spielchen oft zug`schaut.
Mit Prominenz wor ich vertraut,
sehr „amused" wor selbst die Queen,
wie ich in London gwesn bin,
und beim Papst wor ich, ma kennt`s,
natürlich in Privataudienz.
Jetzt bin i do, genieß mei Ruh
und den Ruhestond dazu."
Der Schorsch sitzt do fast wie derschlong
und konn zuerscht aa gor nix song,
doch sei Hirn, des ärbert schnell:
der Hund is echt sensationell!
A Bombengschäft könnt ma do machen,
Fernsehauftritt, solche Sachen,

vielleicht sogor a Welttournee.
Wenn ich na kriechert, des wär schee,
doch der verlangt bestimmt recht vill,
wenn ich gleich soch, dass ich na will.
Worum verkaaft er`n eigentlich?
Do gibt`s an Haken sicherlich!
So überlegt er hie und her,
wos soch ich bloß, des is ganz schwer.
Endlich traut er sich dann doch:
„Ich hätt do nuch a weng a Froch,
sicher is er g`scheit der Hund,
ober is er denn aa g`sund?“
Do fällt der ihm aa scho ins Wort:
„Ich mach nuch jeden Tog mein Sport,
des ganze Schäferhundprogramm,
des hält Leib und Seele zamm!
Der jüngste bin i nimmer zwor,
doch fit genau wie vor 10 Johr!“
Des beruhigt den Schorsch erscht mol.
„Des Ganze scheint ja werklich toll,
der Preis wird halt entsprechend sei“,
denkt resignierend er dabei,
„ob ich den bezohlen konn?“
Recht zögerlich frägt er den Monn:
„Ich tät den Hund scho nehma wolln,
wos müsst ich denn dafür bezohln?

Do grinst der Mo a weng und socht:
„10 Euro hätt i scho gedocht!"
Den Schorsch hätt`s fast vom Hocker ghaut,
hot seina Ohren net getraut.
„Wos? 10 Euro wolln Sie bloß?
Do is doch mit dem Hund wos los?"
„Naja", socht drauf der Mo zum Schorsch,
„er is ja werklich schlau, der Borsch,
und dass er Dialekt nur redt,
is des Schlimmste ja nuch net,
doch loß na bloß sei Maul aufmachen,
dann lügt er, doss die Balken krachen.
Oder glaam Sie ebber gor,
die Gschicht do eem is werklich wohr?"

Die Bestellung

Der Schorsch wollt, mit Familie,
mol widder richtig wandern geh,
a Togestour um Bareith rum,
des fanden alle gor net dumm.
A Picknick wollten se aa machen,
drum hot der Schorsch die ganzen Sachen
in sein Rucksock nei drapiert
und dann sinn se losmarschiert.

Am Onfang wor des Wetter schee,
doch gega Mittog dann, oh weh,
hots wie aus Eimern plötzlich gossen,
des Picknick mussten`s ausfalln lossen.
Zum Glück hots bald a Wirtshaus geem,
do sinn se neikracht nachert eem,
ham dort sich on an Tisch nogflackt
und dann ihr Essen ausgepackt.
Die Kellnerin hots gsäng sofort
und wor bltzschnell aa scho vor Ort
„Wos soll denn des!?Des geht fei net!"
hot se den Schorsch lautstork beredt,
„sie müssen wos bestelln scho do!"
Der Schorsch schaut sie ganz freindlich o.
„Wenns saa muss!" socht er dann zu ihr,
„bestelln se`m Wirt an Gruß vo mir!"

Volljährig

Der Schorsch, der hot a Potenkind.
Der Bu is gwachsen ziemlich gschwind
und werd inzwischen scho sogor
in a poor Wochen 18 Johr.
Und wall ja eingtlich a Pot
aa gewisse Pflichten hot,

wollt der Schorsch, ohne die Alten,
sich mit dem Bum mol unterhalten,
um ihn aufs Leb`n vorzubereiten
und a bissla onzuleiten.
So ham se sich also getroffen
und sinn a weng spazieren gloffen,
ham gredt mitnander lang beim Geh.
Dann ziecht der Schorsch des Resumee:
„Volljährig werst ja etzert ball,
toll is des auf jeden Fall!
Wos du willst, derfst du jetzt machen,
aa vielleicht ausgfallne Sachen!
Genieß die Zeit und mach wos draus,
wennst erscht mol heirotst is des aus!"

Medizinisches

Der Arzt

Der Schorsch wor mol spaziern in Kanz,
do wohnt ja aa sei Freind, der Hans,
drum wors kaa Wunder, in der Tot,
doss er`n dort getroffen hot,
endlich mol noch longer Zeit
und sie ham sich aa recht gfreit.
Vill gobs natürlich zu bereden,
wos so passiert is bei am jeden,
und so erzählt der Hans dann aa:
„mei großer Sohn, du kennst na ja,
hot grod beendt sei Studium
und is jetzt Orzt im Klinikum!"
„Respekt!" antwort der Schorsch drauf do,
denkt a weng noch und fügt dann o:
„der is doch sicher Ende 30,
do wor er net grod bsonders fleißig!"
„Des letztere stimmt net so ganz"
erwidert völlig ruhig der Hans,
„er hot zwor a weng long gebraucht,
a Umstond, der aa zu wos taucht:
am ältern Doktor, so wie er,
vertraua die Patienten mehr!"

Nebenwirkung

Dem Schorsch sei Blutdruck is zu hoch,
drum nimmt er scho seit Johr und Toch
damit der sinkt, Tabletten ei
und fühlt sich ziemlich wohl dabei.
Zum Orzt geht er drum, des is klor,
zwecks Kontroll aamol im Johr,
es sei denn, doss wos anners zwickt
und ihn sei Edeltraut dann schickt.
Erscht kürzlich wor er widder dort.
Der Orzt ergreift sofort des Wort
und kummt glei zu am ernsten Thema:
„die Tabletten, die Sie nehma,
ham leider Nebenwirkungen,
die erscht jetzt bekannt worn senn.
Nimmt ma die a Johr und länger,
werd die Libido fort wenger!"
„Aha",. socht do der Schorsch ganz bleich,
„wos isn Libi-dings fer Zeich?"
„Naja", erklärt der Orzt und lacht,
des braucht ma, wenn ma Liebe macht!"
„Ach, drum spillt si do nix mehr ab",
maant der Schorsch ganz ruhig und knapp.
„Eigentlich wor mir ja klor,
doss des bloß mei Alter wor!"

„Ich schreib do jetzt wos anners auf,
dann sinn Sie aa bald besser drauf!"
socht der Doktor zu ihm do
und langt na des Rezept glei no.
„Sie wern säng, do tut sich wos
und Sie ham bestimmt vill Sposs!"
Ganz selig geht der Schorsch dann haam,
konn sei Glück fast gor net glaam,
erzählt der Edeltraut voll Freid,
wos der Doktor gsocht hot heit.
Doch die socht zu ihm do drauf bloß:
„Jetzt geht des dann widder los!"

Der Wurm

Der Schorsch, a Rentner drom vom Kreiz,
knapp über 70 Johr bereits,
is neilich in die Stodt neigloffen,
hot unterwegs an Freind getroffen,
den hot er nimmer gsäng seit Johrn,
wo se nuch Arbeitskolleng worn.
Sie grüßen sich mit vill Hallo
und „wos machst denn immer so?"
„ host dich werklich fei gut ghalten!"
und wies so üblich bei die Alten

kumma se noch korzer Zeit
auf die Gsundheit vo die Leit,
die eigene natürlich aa
wie könnt denn des aa annersch saa.
„ Mir gehts, Gott sei Dank, net schlecht,
bloß hören konn i nimmer recht",
socht der Schorsch am Freind sei Froch,
„zum Hausorzt wollt i geh die Toch!"
„ Do gehst zum Dr. Otto no,
der is Orzt für HNO,
auf seim Gebiet a Koryphäe
und außerdem ganz in der Nähe,
der hot mir aa scho amoll gholfen.
Ich kenn na übrigens vom Golfen,
der is werklich richtig nett!
Ich gängert no, wenn ich wos hätt!"
Der Schorsch bedankt sich für den Rot
und wall er ja aa Zeit grod hot,
geht er beim Doktor glei vorbei.
„ Schenn guten Morng, ich bin do nei",
socht er dem Fräulein am Empfang,
„ ich hör so schlecht scho wochenlang,
bitte schiem se mich nuch ei,
mei Kärtla hob ich aa dabei!"
Des Fräulein schaut a bissla streng:
„des dauert ober fei a weng.

Kaa Termin is net so toll,
des Wartezimmer is scho voll!“
Der Schorsch find grod an Stuhl nuch do
und zwaa Stund später kummt er dro.
„ Ich hob ghört“, socht er glei drin,
„dass Sie a Konifere sinn!“
„ Des net grod“, lacht der Doktor do,
„ezt setzen Sie sich erscht mol no!“
Er schaut na in die Ohren nei
und verziecht sei Gsicht dabei.
„Des werd schwierig, denk ich mir,
zwaa Möglichkeiten gibts dafier:
die erste is, zu operiern
die andere, wos ausprobiern.
An Wurm hob ich aus China do,
den setzt ons Ohr ma einfach no,
dann kriecht er ganz vo selber nei.
Noch 10 Minuten is vorbei,
do kummt er pünktlich widder raus
und des Hörproblem is aus.
Ich hobs erst zwaamol ausprobiert,
ober do hots funktioniert.“
„Jawoll!“ ergreift der Schorsch des Wort,
„ des mach mer, und wenns geht sofort!“
Der Doktor setzt den Wurm ihm on,
doss der sei Arbeit machen konn,

im Schorsch sein Ohr, do kribbelts leicht,
der Wurm hot scheints sei Ziel erreicht.
Noch 10 Minuten, wie versprochen,
kummt er widder rausgekrochen
und der Schorsch, der strohlt dabei,
denn die Ohr`n, die sinn jetzt frei!"
„Herr Doktor!" jubelt er glei los,
„ des is a Wunder, und a groß!"
Dann is er plötzlich widder stumm
und druckst bloß nuch a bissla rum.
Endlich fasst er sich a Herz:
„Herr Doktor, des is jetzt ka Scherz,
mei Freind hot g`socht, sie sinn so nett,
sonst trauert ich mich ja gor net,
ich hätt do nämlich nuch a Froch:
Könnt ich den Wurm bis Nachmittoch
leihweis mit zu mir haam krieng?
Mei Fraa, die muss fast dauernd lieng
und aa des Laafen fällt ihr schwer,
drum konn se net zu Ihnen her.
Die hört nuch schlechter fast wie ich,
des wär doch aa wos für des Viech?"
Begeistert wor der Arzt net grod,
wall er ja bloß den an Wurm hot,
doch dem Schorsch sei Dackelblick
stimmt na endlich um zum Glick.

„Na gut“, socht er, „ich gib na her,
doch hätt ich vorher bitte sehr
vo Ihnen gern, quasi als Pfand,
nuch 100 Euro auf die Hand!“
Der Doktor packt den Wurm schee ei,
der Schorsch bezohlt und strohlt dabei
und dann geht er schnurstracks haam.
Sei Fraa, die konn die G`schicht kaum glaam,
doch wie se merkt, wie gut ihr Monn
auf aamol widder hören konn,
is sie dann schnell überzeicht,
doss er helfen könnt vielleicht.
„Also los!“ treibt se ihn o
und er setzt den Wurm ihr no.
Der verschwind im Ohr ganz fix.
Noch 10 Minuten ... tut sich nix!
„ Der wird halt nuch net fertig sei
und hot ja aa ka Uhr dabei“,
beruhigt der Schorsch erst mol sei Fraa,
„ ma derf net ungeduldig saa!“
Doch a noch fast drei Viertelstunden
bleibt der Wurm im Ohr verschwunden.
„Rech dich net auf, tu bloß net greina,
der wird scho widder glei erscheina,
wie einst der Phoenix aus`n Orsch
oder so“, maant do der Schorsch.

So warten se halt weiter zu,
doch aa der Schorsch verliert sei Ruh,
wird langsam aa ganz schee nervös
und ohnt allmählich scho wos Bös
und noch aaner weitern Stund
werds ihm endlich aa zu bunt.
„So ein Mist!" schimpft do der Schorsch,
„ die 100 Euro senn im Orsch!"
„Des is für dich ja widder typisch!"
socht do sei Fraa drauf ziemlich schnippisch,
„ dir geht's dauernd bloß ums Geld!
Wos der Wurm do drin ostellt
des kümmert dich kaa bissla woll?
Des find ich werklich gor net toll!
Etz gehst sofort zum Doktor hie,
und frägst, ob ma des bleede Vieh
mit irgendwos rauslocken konn,
zu wos hot er studiert, der Monn!"
Mit schlechtn Gwissen geht er los.
„Wie soch ich`s denn dem Doktor bloß?"
überlegt er angestrengt,
„ich bin ja gspannt, wos der glei denkt!"
Bald is er in der Praxis dann
und kummt augenblicklich dran.
Sei Herz, des klopft na bis in Hols,
doch beichten muss er jetzt, wos soll`s.

Er erzählt dem Arzt die Gschicht,
der sich lang den Kopf zerbricht,
wos dem Wurm passiert sa konn.
„Ich denk mer halt, mei lieber Monn,
sie ham den sicherlich verschreckt,
dass er sich gor so lang versteckt!“
stellt endlich dann der Doktor fest.
Des gibt dem Schorsch jetzt fast den Rest:
„Bestimmt net, und des schwör ich hier,
mir könna ehrlich nix dafier!“
beteuert der und wird ganz leis,
denn er denkt langsam on den Preis,
den er fürn Wurm wohl zohlen soll.
Der Doktor überlegt nuch voll
und denkt gor net on solche Sachen.
Dann socht er plötzlich mit an Lachen:
„Könnt`s saa, die Lösung kummt mer grod,
doss Ihr Fraa an Vogel hot?“

Leider gibt's seit dera Zeit
kann Ohrwurm mehr drum in Bareith!

Die Transplantation

Dem Schorsch sei bester Freind, der Hans,
wohnt seit Johr`n jetzt scho in Kanz,
drum trifft ma sich net mehr so oft
wie ma`s vorm Umzug hot erhofft.
Doch neilich, es wor korz noch zwaa,
do sicht der Schorsch dem Hans sei Fraa
am Busbohnhof beim Aussteig`n steh.
„Ach Godderla, des is fei schee,
doss mer dich aa mol widder sicht!"
strohlt er übers ganze G`sicht.
Sie freit sich scheinbor net so sehr,
schaut fast bedrückt zum Schorsch bloß her.
„Host scho g`hert", fängt se dann o,
„vom schweren Unfall vo meim Mo?"
„Naa", socht der Schorsch sichtlich beriehrt,
„erzähl, wos is na denn passiert?"
„A Auto hot ihn überfohrn
wie mir am Bohnhof kürzlich worn,
mitten auf`m Zebrastreifen,
es is ja fast net zu begreifen.
Etz liecht er drob`n im Klinikum,
wo ich aa momentan herkumm.
„Wos fehlt na denn, wie geht`s inzwischen?"
will der Schorsch natürlich wissen.

„Naja, derwischt hot`s ihn ganz schee,
vill Prellungen, die tun recht weh,
und Rippenbrüch, konnst net vill machen,
er soll halt möglichst wenig lachen,
des schlimmste ober wor wohl doch,
im Hans sein Schädel wor a Loch,
do vorna seitlich on der Stirn,
do fehlt na jetzt a bissla Hirn.
Der Orzt maant, bloß net echauffier`n,
ma konn do aa wos tranplantier`n.
A einfoch`s Hirn, halt wie die Masse,
des zohlt sogor die Krankenkasse,
wenn er wos bessers nei hob`n will,
dann kost des wos, zum Teil recht vill,
je noch dem vo wem ma`s hot.
Zum Beispill Wissenschaftler grod,
dreihundert Euro zohlt ma do
für 100 Gramm vo so am Mo."
„Des werd ihr eich wohl leisten kenna",
lacht der Schorsch, „wär doch nuch schenna!"
„Nana, des kummt gor net in Froch",
wehrt se ab", horch wos ich soch:
der Hans waaß eh fort alles besser,
dann nuch des Hirn vo am Professer,
des halt i net auf Dauer ‚aus,
des is doch werklich nix genau`s!

Wos se am Klinikum nuch fier`n
is vo Politiker a Hirn,
doch des is teuer wie die Sau,
1000 Euro kost`s genau!"
„Wieso denn des?" staunt do der Schorsch,
„des is a Preis, leckst mich am Orsch!"
„Naja", socht sie in aller Ruh,
„des is so: wos denkst denn du,
wievill ma braucht vo denen grod
bis ma a weng Hirn zamm hot?
Des beste, glaab i, für uns zwaa,
is überhaupt, mir lossen`s saa!
Der Orzt socht, vill konn net passier`n
wenn mer gor nix transplantier`n,
es fehlt halt dann vom Hirn a Stück,
ober mit am bissla Glück,
des maan ich, des wär net dumm,
fehlt na bloß des Saufzentrum!"

Erkältung

Im April is fast jeds Johr
des Wetter einfoch wunderbor,
zwor net lang, bloß a poor Toch,
ober dann, auf einen Schloch,

is der Frühling plötzlich do
und gut drauf is jedermo.
In die erschten Sunnastrohln
wollt die Edeltraut sich ooln,
am Balkon zur Mittogszeit.
Der Schorsch hot alles vorbereit`,
die Liege aufgstellt und daneem,
fürsorglich wie er is halt eem,
a Deckn hieglecht nuch für sie.
„Zum Sunna is fast nuch zu frieh,
frisch is nuch, oder wohl net?"
warnt er sie, „erkält dich net!"
Doch wos macht die Edeltraut?
Ausgezong bis auf die Haut
lecht se am Balkon sich no,
dem Schorsch, dem fehln die Worte do.
Später dann, am Nochmittoch,
lecht se glei nuch amoll noch.
Sie senn spaziert a weng zu zweit,
sie in am leichten Summerkleid,
er mit Pullover und Jackett.
„Pass bloß auf, des geht doch net!"
socht der Schorsch desweng zu ihr,
„nimm a Beispiel dir on mir!
Du wärst säng, dossd dich erkältst,
wennst dich net a bissla hältst!"

Und es überrascht net groß,
a poor Toch später geht's scho los
mit Husten, Schnupfen, Heiserkeit
und des Ganze aa glei gscheit.
Doch, die Ungerechtigkeit wurmt sehr,
net sie is kronk worn, sondern er!

In der Apotheke

Der Schorsch wor neilich aufm Weg
zu seiner Lieblingsapothek.
Leider muss er oft dort no,
drum kennt er aa scho alle do,
natürlich aa die junge Fraa,
die ihn bedient, die PTA,
unterhält sich gern a weng,
solang der Ondrong net zu streng.
Sei Medizin hot er schnell ghabt,
wär fast scho widder haam gedabbt,
do fällt na plötzlich ei nuch grod,
doss er ja wos vergessen hot,
geht nuch mol zu dem Fräulein no
und spricht se mit am Lächeln o:
„mei Katz, die kränkelt vor sich hie,
ham se net wos do für sie?"

„Natürlich!“ maant sie drauf aa glei
und grinst a weng verschmitzt dabei,
„des allermeiste fast, Herr Kunz,
is eh ja für die Katz bei uns!“

Der Finger

Die Edeltraut, dem Schorsch sei Fraa,
kocht ganz gern und gut meist aa,
der Schorsch genießt´s, des is ja klor.
Wie se neilich drieber wor,
G`müs und Zwiebeln klaa zu schneiden,
um a Sößla zu bereiten,
wor se mol net konzentriert
und scho wors halt aa passiert:
sie hot sich in an Finger g´schnitten,
hot zwor dabei net b`sonders g`litten,
doch geblut hots glei wie bleed.
Der Schorsch, der in der Näh grod steht,
hot schnell a Pflaster drauf gepappt
und zwecks dem Schreck a Schnäpsla g`schlabbt,
desgleichen aa die Edeltraut.
Des Ganze hot recht gut ausg`schaut,
doch, on sich völlig unbegründet,
hot die Wund`n sich entzündet,
im Finger fängt`s des Pochen o

und er schwillt beträchtlich o.
A Arztbesuch wor og`socht drum.
Der hot a Antibiotikum
ihr desweng verschriem aa glei.
„In a poor Toch is des vorbei“,
hot er im Nausgeh nuch versprochen,
und werklich, scho noch aaner Wochen
wor die Schwellung weg totol.
Zum Schorsch socht sie drum:“Schau amol,
die Pillen, die worn werklich gut!“
Der Schorsch maant drauf glei:“ich vermut,
es wär für dich wohrscheinlich gscheiter,
du nimmst die Pillen einfoch weiter.
Eventuell verschwindt dann auch
die große Schwellung on deim Bauch!“

Hans im Glück

Der Schorsch wor neilich in der Stodt,
wo er den Hans getroffen hot,
sein besten Freind seit langer Zeit.
„Wos machst denn do herinna heit?“
frächt er ihn als erstes glei.
Do socht der Hans und grinst dabei:
„Nix bestimmts! Heit is so schee,

ich wollt halt on die Luft mol geh,
des is bekanntlich ja recht g`sund."
„Hot des nuch an andern Grund?"
maant der Schorsch und schaut ihn on,
„du worst scho mol besser dron,
du schaust aus, entschuldig` Hans,
wie die Henna unterm Schwanz,
überhaupt recht mitgenumma,
host du wohl an größern Kummer?
Bist du kronk, erzähl halt scho!"
„Nana", beschwichtigt der ihn do,
im Gegenteil, mir geht's 1 a,
es könnt fast gor net besser saa!
Beim Doktor wor i letzte Wochn
und hob mit ihm mol drüber g`sprochn,
doss die Potenz bei mir halt leider
nochlässt langsam immer weiter.
Do is ihm gor nix übrig bliem,
er hot Viagra mir verschriem."
Und hot`s g`wirkt? Wor`s besser glei?"
frächt der Schorsch natürlich glei.
Und verschmitzt socht drauf der Hans:
„Ein Erfolg wor`s voll und ganz!
Täglich Sex und des aa reichlich,
es is werklich unvergleichlich!"
„Wos socht denn do dei Fraa dazu,

die hot ja dann jetzt aa ka Ruh?“
will der Schorsch natürlich wissen.
Do maant der Hans mit ruhigem G`wissen:
„Des waaß ich net, du wersts net glaam,
ich wor seit dem nuch net dahaam!“

Organverschiebung

Wie der Schorsch na Markt naufgeht,
sicht er`n Bobby, der do steht
und vor der Mohrenapothek
do treffen sich dann ihre Weg.
Der Schorsch fällt mit der Tür ins Haus:
„Du schaust ober net gut aus!
Bist du kronk? Erzähl halt, los!“
Dem Schorsch sei Mitgefühl is groß,
wall dem Kerl sei ganze Haut
mehr gelb und grau als gsund ausschaut.
„Ich wor grod bei dem Orzt do driem,
der hot mer a scho wos verschriem“,
socht mit leiser Stimm der Bobby,
„a Organverschiebung hob i!“
Der Schorsch is fast perplex a weng
und antwort drauf a bissla streng:
„Dovo hob i nie wos ghört,

do host du dich bestimmt verhört!"
„Nana!" wehrt glei der Bobby ab,
der Orzt hot untersucht net knapp,
des stimmt echt, ich schwör`s dir Schorsch,
er maant, mei Leber is im Orsch!"

Beim Therapeuten

Zum Therapeuten kummt a Poor,
so circa Ende 30 Johr,
und des Onlieng vo die zwaa
könnt vill ausgfallner net saa.
„Schaua se in aller Ruh
uns beim Sex bittschee mol zu,
und hinterher wolln mir dann wissen,
wos mir besser machen müssen",
socht der Mo ernsthaft zu ihm.
Recht heftig ham ses dann getriem
und der Therapeut socht drauf:
„mir fällt beim besten Willn nix auf!
Des is alles einwondfrei,
manches Poor würd neidisch sei.
Vill helfen konnt ich net etz zwor,
trotzdem krieg ich a Honoror,
50 Euro, wie`s do steht."

Strohlend zohlt des Poor und geht,
doch noch aaner Wochn scho,
sinn se beide widder do
und wolln des gleiche nuch mol machen.
Der Therapeut konn gor net lachen.
„Wos soll denn des, wos hams davo?"
frächt er natürlich glei den Mo,
und brühworm erklärt der ihm,
wos die zwaa zu ihm getriem:
„Verheirot sinn ja beide mir,
ober sie halt net mit mir!"
„Und a Orzttermin", socht sie,
„is des perfekte Alibi
„und nochprüfbor is notfalls aa!"
„Doch des is ja nuch net allaa!"
macht der Mo dann widder weiter,
„50 Euro kost`s zwor leider,
bloß, a Zimmer im Hotel
kost vill mehr auf alle Fäll,
und, des is der größte Spass,
do zohlt die Hälft die Krankenkass!"

Weihnachtliches

Der Sepp

Der Schorsch is, es wor längst Advent,
ganz unruhig in der Stodt rumgrennt
und wollt nuch a poor Gschenke kaafen.
Do trifft er`n Sepp, a olde Waafen,
der an vollquatscht immer glei
und ka End mehr find dabei.
Noch aaner guten Vertelstund
werds dem Schorsch langsam zu bunt.
Er unterbricht den Monoloch:
„Du, Sepp, ich hätt do mol a Froch:
wos schenkst denn heier deiner Fraa?
Vielleicht könnts aa für mich wos saa."
Der Sepp denkt gor net noch erscht groß
und legt sofort glei widder los:
„Sie wünscht sich heier ganz wos Tolls!
Wos für die Orm und wos fürn Hols!
Sie maant an Ormreif und a Kettn,
als ob mir Geld wie Heu grod hättn.
Do is ja gor net dro zu denken,
ich wer ihr a Stück Seifn schenken!"

Advent

Im Advent, so is jeds Johr,
braucht ma vill Geld, des is ja klor.
Der Schorsch wor in der Sporkass grod,
wo er a Geld sich abghom hot,
do sicht er, wie a ältrer Mo
on Schalter hiegeht und dann do
a Christbaamkugel hielegt ehm
und nuch a Kondom danehm,
dazu socht er kaa aanzigs Wort.
Der Banker reagiert sofort.
„Herr Schmidt, das ist gar kein Problem,
das läuft wie immer, ganz bequem."
Der Mo packt seine Sachen ei,
strohlt übers ganze Gsicht dabei,
dreht wortlos sich dann um und geht.
Wall er des Ganze net versteht,
geht der Schorsch on Schalter no
und spricht den Banker do drauf o:
„Wos hot des alles etzert gsollt?
Wos hot der Mo denn eingtlich gwollt?"
Lächelnd socht der Banker dann:
„Leider ist er stumm, der Mann.
Er will wissen jedes Jahr,
und es geht auch immer klar,

ob er bis Weihnachten dann
sein Konto überziehen kann!“

Geschenke

Korz vor Weihnochten wärcht der Schorsch
auf`m Markt rum ziemlich forsch,
des Fest steht vor der Tür ja bald,
er braucht nuch a poor Gschenke halt.
Er is Richtung Sternplotz gloffen,
do hot er sein Freind Fred getroffen.
Sie unterhalten sich ausführlich,
der Fred sucht aa nuch wos, natürlich.
Zum Schluss frächt der den Schorsch dann aa,
ob er ka Gschenk wüsst für sei Fraa.
Der Schorsch socht drauf bloß:“froch sa halt!“
wall er weitergeh will bald.
„Do wär i schee bleed“, maant der Fred,
“so vill ausgehm will ich net!“
Der Schorsch stürmt weiter, fuchtig ganz,
do trifft er glei aa nuch den Hans,
der is aa nuch schwer am Suchen.
Der Schorsch beginnt sofort zu fluchen:
„Jedes Johr der gleiche Mist!“
Wenn ich ner bloß aamol wüsst,

wos ich besorng könnt für mei Fraa
außer Parfüm und teure Staa!
Mir fällt beim besten Willn nix ein!
Wos schenkst denn heier du der dein`?"
Der Hans grinst drauf:"sie hot wos gwollt,
wos ihr aa zu Gsicht steh sollt,
und wenn ich dann ihr Gsicht oschau,
a Faltenrock passt do genau!"

Bescherung

Wos schenkt ma on Weihnochten grod,
wenn jeder doch scho alles hot,
wos ma halt so braucht zum Leb`n
und wos nuch Freid macht aa daneb`n?
Edeltraut und Schorsch, die zwaa,
wern kaa Ausnohm do wohl saa,
drum ham se ausgmacht scho vor Johrn,
doss se die Gschenke sich jetzt sporn.
Doch trotzdem gibt's seit dera Zeit
jedes Johr a Klaanigkeit,
er kriegt Krawatten, sie Parfüm
und dobei is seitdem gebliem.
Der Schorsch freit sich aa immer brov,
is ja geduldig wie a Schof,

doch langsam wor sei Schronk dann voll,
die Freid drum nimmer gor so toll,
zudem hot zum Gebortstog ja
er aane kriegt fast immer aa.
Begeisterung fällt do net leicht!
Vor`gs Johr hots ihm dann endlich greicht!
„Zum Freia müsst ich mich jetzt zwinga,
ich konn se nimmer säng, die Dinger!"
schimpft er los glei ungeniert.
Die Edeltraut is konsterniert:
„Seit Johren kriegst Krawatten immer
und jetzt auf aamol gfalln`s der nimmer!"
socht sie ganz aufgebrocht zu ihm,
„dann pfeif ich aa auf dei Parfüm!"

Weihnachtsüberraschung

Der Schorsch kummt vo der Stodt grod haam,
unterm Orm an Tannabaam,
hot zur Tür nuch kaum neigschaut,
do sicht ihn scho die Edeltraut
und fängt aa glei des Mosern o:
„wos für a Baamla bringst denn do?
So wos vo mickrig und vo klaa,
a Bonsai-Tännla is des ja!"

Der Schorsch erklärt ihr long und breit:
„Mir sinn ja bloß ner nuch zu zweit
und für zwaa Hansala allaa
do tuts a klänners Baamla aa!
Und zum Schmücken brauchst kaa Leiter!"
Die Edeltraut geht ruhig weiter
und spricht die Sach gor nimmer o.
Am Heil`gen Omd maant dann ihr Mo
wie se ihre Brotwärscht essen:
„Ich frei mich morng aufs Mittochessen!
Denk ich ons Gänsla, des mir ham,
läfft mers Wasser heit scho zamm!"
Die Edeltraut hört lächelnd zu
und socht zu ihm in aller Ruh:
„Tu ner die Wärscht etzt erscht mol essen,
des Gänsla konnst derwaal vergessen!
Für uns zwaa Hansala allaa
tuts doch a Hähnla heier aa!"

Winterdorf

Kaum gibt´s des erschte bissla Kält,
werd scho des Winterdorf aufgstellt.
Es is zwor Herbst nuch, kalendarisch,
doch senn stets alle solidarisch,

konn ma wos zum Trinken kaafen,
dazu wos essen, a weng waafen.
Desweng is immer ziemlich voll
und die Stimmung meistens toll.
Hot sich der Winter dann eigfunden,
is des Dorf aa scho verschwunden.

Unterwegs

Die Pfeife

Der Schorsch is gern in aller Ruh
mit der Bohn gfohrn ab und zu,
wenn er mol noch Nermberch wollt
oder gor bis München sollt,
hot dort den Auto - Stress vergessen,
is dann im Abteil drin g`sessen
und hot gemütlich, mit Genuss,
a Pfeifn graucht, ohne Verdruss,
denn früher wors erlaubt ja nuch,
gstört hot manchmol bloß der Gruch!
Aamoll wollt er, scho vor Johrn,
zu am Freind noch Nermberch fohrn.
Kaum fährt der Zug zum Bohnhof naus,
packt scho der Schorsch sei Pfeifn aus,
doch höflich wie er meistens is,
frächt er den Mo, der do nuch is,
ob er wos dagechn hätt,
wenn er die jetzt rauchn tät
und zünd scho mol a Streichholz o.
Lächelnd socht zu ihm der Mo:
„Fühln Sie sich ganz wie zu Haus!"
Do bläst der Schorsch des Streichholz aus,

socht und schaut ganz traurig drei:
„dann pack i se halt widder ei!"

In der Bar

Wenn der Schorsch aamol im Johr
für sein Chef in München wor,
hot er übernacht´ ganz gern
in am Hotel dort mit 4 Stern.
Do gobs natürlich aa a Bor
mit Live-Klaviermusik sogor,
dort is er gsessen omds dann meist
und hot sich a poor Bierla gleist,
abgrechnt hinterher als Spesen.
Eines Nochts sitzt er am Tresen,
nebendron a andrer Gast
und, walls grod aa so schee passt,
um a Gspräch halt zu beginna,
socht er:"gmietlich is herinna
und der Pianist is toll!"
Der andre maant drauf bloß;"Jawoll!
Ober Geing hob ich vill lieber!"
Der Schorsch schaut ganz verwundert nieber:
„Sie senn Musiker woll aa?"
Leicht lächelnd socht der andre:"Naa!

Des kummt mir bloß grod so in Sinn,
wall ich Möbelpacker bin!"

Fernsehzuschlag

Es wor nuch in die ochzger Johr,
wie der Schorsch im Urlaub wor,
gor net weit, bloß in der Schweiz,
der Fränkischen, um dort abseits
vom Dauerstress im Alltogsleem
a poor Toch Ruh zu hom halt eem.
Des hot aa wunderbor geklappt,
er hot a scheene Wochn ghabt,
doch wie er zohln will ganz am Schluss,
gibt's dann doch nuch an Verdruss:
unten auf der Rechnung steht:
„Zuschlag fürs TV - Gerät"
und des sinn 5 Mark aa glei.
„Ja, wos fällt denn Ihnen ei?"
schimpft der Schorsch natürlich los,
denn sei Empörung, die is groß.
„Im ganzen Haus, net mol privat,
gibt's ja net einen Apparat!
Sie krieng den Hols net voll genug,
in meine Aung is des Betrug!"

Der Vermieter grinst a weng
und socht do drauf, gor net verleng:
„den Aufstond könna Sie sich sporn,
des verlang i scho seit Johrn.
Vo dem Geld, des eigeht do,
schaff mer a Gerät dann o!"

Die Kreuzfahrt

Der Schorsch löst gern und meist aa gschwind
jeds Preisausschreim, des er so find
in Zeitungen und Illustrierten,
die ihn sonst net recht intressierten.
Ob kinderleicht, ob kniffig schwer,
die Lösung, die muss einfoch her,
die schickt er dann aa immer ei –
a Gwinn wor leider nie dabei!
Dafür kriecht er glei haufenweis
Reklame gschickt onstott an Preis.
Bis vor so rund am Verteljohr,
do wurd sei Traum auf aamoll wohr,
der Hauptgwinn wors dazu nuch aa,
a Kreuzfohrt, 14 Toch für zwaa!
Scho immer hot er drauf gebrennt,
hots ausn Fernsäng ja längst kennt

wie`s zugeht auf am Luxusschiff,
des wor für ihn scho a Begriff.
Sei Freid wor desweng riesengroß,
doch ging der Ärger dann glei los
wie ers erzählt hot seiner Fraa.
„Mir fohrn ons Nordkap alla zwaa,
do scheint die ganza Nocht die Sunna,
ich hob do so a Kreuzfohrt gwunna!“
Anstott des Jubeln ozufanga,
is glei a Schimpferei losganga:
„In Norden willst du, in die Kält?
Net um alles auf der Welt!
Karibik oder Mittelmmeer,
des gfallert mir bei weitem mehr!
Und nochts a Sunna, so a Gfrett,
do will ich schlof`n in meim Bett!“
„Naja“, socht drauf der Schorsch“,aa gut,
wennst du net mit willst absolut,
des is für mich ja gor ka Thema,
dann tät i halt den Hans mitnehma!“
„Des könnt dir grod in Krom nei passen,
mich dahaam versauern lassen“,
maant sei Fraa do, leicht erschrocken,
„und mitn Hans am Traumschiff hocken,
sich verwöhna lossen Tog und Nocht,
des host dir ja gut ausgedocht!

Des kummt ja gor net in die Tüten,
ich fohr mit! Ich wer mich hüten
und loss euch zwaa allaans do hie,
des verzeihert ich mir nie!"
So wor des erscht amoll geklärt,
sie hot sich aa net mehr beschwert,
bis dann des Packen ogsocht wor,
dass do Probleme gibt, wor klor.
Denn fährt ma bloß für a poor Toch
irgendwo hie, dann is die Froch,
wos nimmt ma mit scho schwierig aa,
besonders für a ältre Fraa,
die schränkweis Zeich zum Onziehn hot,
entschieden werd do net so flott;
erscht recht bei aaner longa Fohrt,
bleibt dann der Ärger net ersport.
„Is denn auf so am Schiff am Meer
ehr vornehm oder ehr leger?"
frocht sei Fraa, die Edeltraut,
wie se in erschten Schronk neischaut.
„Am Onfong is wohrscheinlich worm,
ma schwitzt vielleicht sogor enorm,
do brauch i halt mei Summerzeich,
und wos genau, des soch i gleich.
Weiter drob`n werds eisig schon,
doss ma an Pelz aa brauchen konn."

Der Schorsch werd langsam ungeduldig
und bleibt die Antwort net lang schuldig.
„An Eisbärn schieß ich dir dort net,
wall ich ja aa ka Gwehr net hätt.
Pack halt dein Nerz einfoch mit ei,
des Gwicht is desmoll aanerlei.
Wern halt 3 Koffer mehr mitgnumma,
dann konnst net in Verlengheit kumma!"
So ham se eem ihrn GTI
mit Koffer vollgschlicht bis omhie
und sinn naufgedüst noch Kiel,
vo dera Kreuzfohrt Start und Ziel.
Des Riesenschiff wor schnell entdeckt
und sie ham glei eigecheckt.
Die Kabina wor recht schee,
mit Aussicht auf die hohe See,
zumindest später dann amoll,
im Hafen is ja net der Foll.
Bald drauf haaßts scho „Leinen los!"
und die Kreuzfohrt, die geht los
„Ich schau mich jetzt am Schiff mol um
und bis ich nochher widder kumm,
packst du derwaal die Sachen aus",
socht der Schorsch und geht scho naus,
steigt Treppen nunter, Treppen nauf
und hot sich langsam im Verlauf

vo seiner Tour richtig verloffen.
An Steward hot er dann getroffen,
ganz kleinlaut schildert er sein Kummer.
„Wie ist denn Ihr Kabinennummer?“
frägt der den Schorsch natürlich glei.
„Die fällt mer eem aa nimmer ei!“
gesteht der do und werd ganz rot,
„ober mir kummt do nuch grod:
vorm Fenster is a Leuchtturm gstanden!”
“Da können wir jetzt nicht mehr landen”,
grinst der Steward dienstbeflissen,
„doch wenn Sie noch Ihrn Namen wissen,
find ich in der Liste hier
Kabine und auch Passagier!“
So kom der Schorsch am End zum Glück
zu seiner Edeltraut zurück
und hot natürlich nix verraten
vo der peinlichn Eskapaden,
hot vorgschwärmt ihr vom Schiff, dem tollen
und wos se unternehma wollen.
Er wor grod schee im Reden drin,
auf aamol unterbricht se ihn:
„do wor a Zettel aufm Tisch,
ich les dern amoll vor, den Wisch:
von 7 bis 9 Uhr Abendessen,
Kleidung bitte angemessen!

An Moßonzug host du ja net!
Ich glaab, du konnst dann glei ins Bett,
bist vo der Fohrt ja eh scho mied,
ich bring dir dann a Häppla mit.
Ich hob zum Glück mei Obendkleid
vo der Schneidrin in Bareith!"
Der Schorsch wor sprochlos erscht amoll,
hot ihr erklärt genau den Foll,
dann sinn se, ongezong eins a,
zum Essen ganga alle zwaa.
Sie ham dort an schenn Plotz aa kriegt,
wo ma den Saal ganz überblickt
und währnd se aufn Ober warten,
studiern se halt die Speisekarten.
„Austern gibts, auf Blattspinat
oder Scampis auf Salat
und Kaviar auf Toast sogor"
liest der Schorsch begeistert vor.
Na sowos", socht sei Fraa, „wieso
gibts denn kaane Teller do?"
Sie ham ihr Vorspeis, wie sich`s ghehrt,
dann doch vom Teller weg verzehrt.
Der Kellner is on Tisch herkumma,
hot ihr Bestellung aufgenumma.
Die Edeltraut wollt gern an Fisch,
noch Möglichkeit natürlich frisch.

„Wir hängen eine Angel rein,
da fangen wir bestimmt was ein",
scherzt der Ober do drauf hie
und schlogfertig erwidert sie:
„ober wohrscheins kaa Forelln,
a solche wollt ich mir bestelln,
do waaß i wengstens, wos i hob!"
Der Kellner frocht, es is sei Job
„Entschuldigen Sie, gnäd`ge Frau,
wolln Sie die Forelle blau?"
„Auf gor kann Fall, Sie spinna wohl?
Vorm Essen scho an Alkohol,
des vertrochert ich ja net,
do könnt i, glaab i, glei ins Bett!"
hot sie do heftig abgewehrt.
Der Schorsch hot sie dann aufgeklärt,
doch sie isst Fisch halt bloß gebacken,
des is vo ihr a klaane Macken.
Danoch hots erscht a Supp`n geem,
des wor die beste in ihrm Leem!
Der Schorsch kriegt in der Suppntassen
die letzten Reste net zu fassen,
hätt ogsetzt fast zum Trinken scho,
sei Fraa, die hält na ab davo:
„Bestell dir halt a Löschpapier,
dann ghört der Tropfen aa nuch dir!"

socht sie zu ihm do, leicht pikiert,
„dahaam wär des ja net passiert,
do isst dein Teller nie ganz leer,
do schmeckts dir ebber net so sehr?“
„Ach Traudala, des waaßt du doch,
für mich bist du der beste Koch!“
lobt er sie übern grüna Klee,
„Abwechslung is halt aa mol schee!“
„Wenns um Suppn geht, na gut,
ober sonst sei auf der Hut!“
warnt ihn do sei Edeltraut.
„No, wenn ma sich am Schiff umschaut“
socht der Schorsch“, fei ehrlich wohr,
besteht do überhaupts ka Gfohr!
Des is, und is vielleicht so besser,
halt wie a Rentnerbus, bloß grösser!“
Dann kom aa scho des Hauptgericht
und des wor werklich a Gedicht.
Zum Nochtisch, des wor richtig schee,
gobs dann a herrliches Buffet,
supergut und riesengroß,
sowos lässt den Schorsch net los,
dauernd is er drum hieganga.
„Schämst di net, so zuzulanga?“
schimpft sei Fraa beim 5. Mol,
„wos ma vo dir do denkn soll?“

„Mach dir kaane Sorng desweng,
schmunzelt er gor net verleng,
„ka bissala genier ich mich,
ich hob dort gsocht, es is für dich,
sonst tät ich mich ja gor net traua!"
Die Edeltraut wor richtig sauer,
socht bloß nuch:"du bist werklich bleed!"
steht äußerst schwungvoll auf und geht.
„So a Theater, Menschenskinner,
sie werd scho die Kabina finna",
denkt der Schorsch, der dorschtig wor,
drum ziehts na aa glei nei die Bor.
An Cognac hot er sich bestellt,
der Keeper socht, wie ern hiestellt:
„der ist schon 20 Jahre alt!"
doch lässt den Schorsch des völlig kalt:
„Für sei Alter a weng klaa,
do brauch i, denk i, dann nuch zwaa!"
Er is dann umgstieng erscht auf Bier
und noch so dreia oder vier
is er glandt am End beim Wein.
Do wor er schließlich ganz allein
mit am andern Mo aus Franken,
der hot ogfangt scho zu schwanken,
obwohl er wenger gsuffn hot.
Der socht zu ihm:"du lieber Gott,

du host do ja a Riesenzech`,
die Trinkerei is wohl dei Schwäch`?"
Der Schorsch kriegt fast an dicken Hols,
dann socht er zu ihm voller Stolz:
„Im Gegenteil, des schwör ich dir,
des is ja grod die Stärk vo mir!
Wos ich on am Omd saufen konn,
langt für an Rausch bei 2, 3 Monn!
Etz geh i haam zu meiner Alten,
die hot mer scho mei Bett worm ghaltn!"
Tatsächlich, fast wors ja a Wunner,
hot er aa sei Kabina gfunna.
Am nächsten Früh gibts großes Klong,
do hots rumort im Schorsch sein Mong,
zwecks Seegong oder Alkohol,
des sei dahiegstellt erscht amol.
Zwor is er mit zum Essen ganga,
der Appetit, der wor verganga,
er sitzt am Tisch, ganz grün im Gsicht,
des Frühstücksbuffet braucht er nicht.
A Ober frägt mit Mitleidsmiene:
„Wolln Sie was in die Kabine?"
„Es geht mir ja net besser dort,
schmei`n Ses gleich über Bord,
dann spor ich mir, möchte ich mol song,
den quolvolln Umweg übern Mong!"

stöhnt der Schorsch, „ich muss do weg!“
und schleppt sich langsam dann on Deck.
On der Reling bleibt er steh,
stiert bloß nuch auf die raue See
und hängt seina Gedanken noch.
„A Hauf`n Wasser, gor ka Froch,
in so am Riesenozean“,
denkt er sich do so in seim Tran,
„ma sicht, wenn ma genau des nimmt,
dabei ja bloß, wos oben schwimmt!“
Während der Sinniererei
kummt a Steward do vorbei
und frächt, ob er, des wär ganz toll,
wos zum Vorbeung bringa soll.
„Schön Dank“, socht do der Schorsch „na, na,
vorbeung konn ich mich allaa!
Ich bräuchert, des wär werklich gscheit,
a Mittel gega Übelkeit!“
Gott sei Dank, und des wor schee,
beruhign sich Mong sowie die See,
die Fohrt geht weiter erscht amoll
ohne größern Zwischenfoll.
Sie senn in Fjorde neigebong
und worn begeistert, ungelong
vo der gewaltigen Natur.
Am Schiff wor Unterhaltung pur,

Konzerte und Gesellschaftsspiele,
Betätigungen gab`s da viele,
doch sie worn net so drauf versessen,
ham gfaulenzt, gschlofen oder gessen,
worn aa im swimming-pool mol boden,
ham sich verwöhnt noch Strich und Foden.
Noch circa aaner Wochn knapp
worn sie dann endlich drom am Kap,
do wor natürlich, net zuletzt,
a größrer Landausflug ogsetzt.
A jeder hot ganz gern mit gwollt,
bloß die Edeltraut hot gschmollt,
denn es worn do, echt ka Stuss,
so 15 Grod, net minus, plus!
Ihrn Nerz konnt se drum net ausfiehrn,
sie wollt sich ja aa net blamiern.
Der Schorsch musst fast a bissla lachen,
wollt ihr den Ausflug schmackhaft machen:
„Etz simmer endlich amoll do,
do schaut ma sich des einfoch o,
am Schiff vermissen tut dich kaans!
Es is ja net des Kap allaans,
es gibt aa Rentiere und Lappen,
des is doch schee, do mit zu tappen!“
Wos soll denn do scho toll dro saa?
Lappen hob ich dahaam aa!

Und muss ma denn die Viecher kenna?
Mir is doch worscht, wie schnell die renna!"
So mosert se, die Edeltraut,
hot sich dann trotzdem mitgetraut,
vergessen wor bald der Verdruss,
sie wor begeistert ganz am Schluss!
Auf der Rückfohrt, korz vor Kiel,
do hot der Schorsch a seltsams Gfühl.
„Mei Onziehzeich, die gute Wor,
verträgt die Seeluft net, scheinbor!
Alle Hosen senn zu eng,
die Hemma spanna aa a weng",
klogt er bei seiner Edeltraut,
die schmunzelnd zu ihm nüber schaut.
„Mir gehts ähnlich", socht sie do,
„doch ich bin überzeugt davo,
doss des vom Essen kummt, dem tollen,
du gehst bloß immer in die Vollen!
Mir sinn dahaam bald widder ja,
do gibt`s dann nur nuch f.d.H.
So hot der Schorsch, er hots kaum glabt,
nuch lang wos vo der Kreuzfohrt ghabt!

Im Stadion

Der Schorsch is Fußballfan scho immer,
groß ändern werd sich des a nimmer.
Om Club, do hängt sei Herz am meisten,
drum tut er's ab und zu sich leisten
und fährt dann hie zum Stadion,
schaut sich a wichtigs Spiel live on.
Des letzte Mol wors rappelvoll,
des Spiel am Onfong scho ganz toll,
doch hot der Schorsch nix gsäng davo,
denn vor ihm soß a Kerl vo Mo
mit am richtig breiten Kreiz.
Do sicht der Schorsch, a weng abseits,
an freia Plotz und geht glei no.
Daneben sitzt a ältrer Mo
mit roter Mützn, rotn Schol,
den spricht er on:"Entschuldgens mol,
is der Sitz do wohl nuch frei?"
„Ja!" maant der, schaut ernst dabei,
„des is der Plotz vo meiner Fraa;
Jahrzehnte wor se Fan ja aa,
doch is se gstorm halt etzert leider,
die Dauerkartn läfft ehm weiter."
„Mei Beileid!" socht der Schorsch drauf do,
„aans wundert mich dann ober scho:

ham Sie niemand denn am End,
der die Kartn nehma könnt?“
„Freind und Verwandte hob i gfrocht“,
hot der Mo zum Schorsch do gsocht,
„die ham alle zamm kaa Zeit,
wall die Beerdigung is heit!

Im Gericht

Der Schorsch wor, bloß aus Interessen,
mol im Bareither Amtsgricht gsessen
und wollt dort, aa aus Neigier eem,
a Grichtsverhandlung halt erleem.
A Einbrecher wor ongeklocht.
Lang hot der Richter den befrocht
und hot aa immer Antwort kriegt.
Der Redefluss is erscht versiegt,
als der Richter wissen will,
wie der Täter on seim Ziel
den Alarm dort ausgschalt hot,
doch der wollt, trotz aller Not,
sei Gschäftsgeheimnis net ausplaudern.
Der Richter akzeptiert des Zaudern
und stellt am Schluss dann nuch a Froch:
„Eins intressiert mich jetzt nur noch:

warum haben Sie denn dort,
bei der Festnahme vor Ort,
einen falschen Namen gnannt?
Sie wissen doch, Sie sind bekannt!"
„Des konn ich Ihnen song, Herr Richter,
sie werns vielleicht net glaam „, so spricht er,
„doch wie ich in dem Haus do drin
widder mol erwischt worn bin,
hob ich mich gärchert ohne End
und einfoch selber nimmer kennt!"

Das Bilderrätsel

Der Schorsch wor mol mit seiner Fraa
in München und do ham die zwaa
aa wos geton für die Kultur -
ma konn ja net fort shoppen nur.
Drum sinn se ziemlich intressiert
in die Pinakothek marschiert,
wo Kunstliebhober halt hie gänga,
wall olde Meister dort rumhänga.
Noch längrer Zeit, mit einem Mol
sinn se in am klännern Sool.
Drei Bilder hänga on der Wand,
„Künstler leider unbekannt"

steht drunter auf am goldna Schild.
Zu säng is auf`m linken Bild
a Bäckerofen auf`m Land,
davor a Brot, totol verbrannt.
Am mittlern Bild a junge Fraa,
nuch kaane 20 wird se saa,
a Babyla hot se dabei,
doch schaut se ziemlich traurig drei.
Am rechten Bild a Wasserleich
am Ufer vo am größern Teich.
Der Schorsch und aa die Edeltraut
ham sich die Bilder lang o`gschaut,
sie denkt onscheinend ongstrengt noch
und socht dann:"ich hob do a Froch
wieso hänga die 3 zamm?"
„Wall se des gleiche Thema ham",
socht der Schorsch zu ihr do drauf,
„fällt dir des denn gor net auf?
Bei alla dreia konn ma song,
einfoch zu spät rausgezong!"

Der Maler

Der Schorsch hot mol an Freind besucht,
der sich als Moler aa versucht.
Noch der Begrüßung zeicht dann der
voller Stolz die Bilder her,
meist in Öl und meist recht bunt,
der Schorsch denkt aans dabei bloß: Schund!,
tut trotzdem ober intressiert,
damit er`n Freind net konsterniert,
will immer aa die Titel wissen,
der Freind erklärts ihm ganz beflissen.
„Des is mei bests!" socht er am End,
„Weltuntergang hob ich des gnennt!"
Der Schorsch tritt nuch an Schritt zurück,
denkt noch und maant dann noch am Stück:
„des host werklich gut getroffen,
des Bild is echt a Katastrophn!"

Der Bauchredner

Im Zentrum wor a Variete´,
der Schorsch is hie, der find des schee.
A Bauchredner trot im Verlauf
des bunten Obends aa dort auf,
setzt sich am Stuhl do oben hie

mit aaner Puppn auf`m Knie,
die wor so groß fast wie der Mo
und fängt mit der des Plaudern o.
Des geht dauernd hie und her
und alle amüsiern sich sehr.
Doch dann kummt a Blondinenwitz!
A Fraa ganz vorn springt von ihr`m Sitz,
hübsch, so um die 30 Johr,
mit longa, blondgelockte Hoor.
Empört schreit sie zur Bühne hie:
„Wos soll denn des? Wos denken Sie?
Intelligenz hot doch ganz klor
kann Zamm`hang mit der Farb vom Hoor.
Dass Sie sich net a weng geniern,
uns Blonde zu diskriminiern!"
Ganz perplex fängt do der Mo
stotternd a Entschuld`gung o,
doch sie unterbricht ihn glei
und macht weiter mit ihr`m Gschrei:
„Sie halten sich do raus!" ruft sie,
„ich maan den Kerl do auf ihr`m Knie!"

Das Gschäft

Dreißich Johr liechts scho zurück,
do hot der Schorsch, mit a weng Glück,
endlich, ma hot`s kaum gedacht,
sein Realschulabschluss gmacht.
Drum wor zum Jubiläum jetzt
a Klassentreffen aa ogsetzt,
des gobs seit domols leider nie.
Der Schorsch is do natürlich hie,
hot festgstellt im Lokol dann drin,
doss alle ganz schee old worn sinn,
hätt einige bald nimmer kennt,
hätten`s net ihrn Noma gnennt.
Am Tisch soß er dann neberm Klaus,
sie worn domols zusamm` oft aus,
doch ham se sich, woron`s aa loch,
leider nie mehr gsäng danoch.
Vill hots zum Erzähln do gehm,
wos so passiert is halt seitdem.
Unter anderm frächt dann aa
der Schorsch den Klaus noch seiner Fraa.
„Die kennst du gut!" socht der zu ihm,
„es is die Ruth, vo Aichig driem;
zwaa Klassen noch uns is se gwesen,
hot immer recht vill Bücher glesen!"

„Wos, die?!" maant leicht schockiert der Schorsch
und denkt dabei:"leckst mich am Orsch!
Die wor vo Grund auf ja bloß hässlich,
die zu nehma, einfoch grässlich!"
„Wos du jetzt denkst, des waaß i scho",
antwort` der Klaus ihm sofort do,
„a Schönheit is se net, die Ruth,
doch für mei Gschäft, do is se gut.
Und zwaa Kinner hob i aa,
die kumma ganz noch meiner Fraa,
Die ärbern aa scho mit im Gschäft,
und du konnst mer glaam, es läfft!"
„Wos für`n Betrieb host denn dann du?"
frächt der Schorsch natürlich zu.
Do socht der Klaus und grinst ihn on:
„Mei Gschäft, des is a Geisterbohn!"

Gespräche

A Einlodung hots amoll gehm,
nix Bsonders, halt a Treffen ehm,
vo ältern Ehepooren bloß,
do wor vielleicht ganz schee wos los.
Vill Themen ham se do durchgmacht,
ausgiebig gwaaft und herzhaft glacht

und unter anderm gings dann aa
über Sex und ob denn aa
alles nuch gut funktioniert
und im Bett nuch wos passiert.
Der Schorsch socht:"ich bin ganz zufrieden",
die Edeltraut is unentschieden.
Getrennt schläft längst a anners Poor,
wall er schnarcht seit a poor Johr.
„Mir nutzen nuch des Ehebett!"
maant do drauf die Margaret,
„er ab Elfa, ich ab Neina,
dem Sex tu ich ja net nochgreina,
des is bei mir scho lang vorieber.
A knusprigs Häxla is mer lieber!"

Gästebuch

Wos für an Stier des rote Tuch
is fürn Schorsch a Gästebuch!
Vor net allzu longer Zeit
wors halt widder mol so weit:
a netter Omd wor fast vorbei,
do fällt dem Gastgeber nuch ei,
doss er a Gästebuch ja hot
und bringt den Schorsch in größte Not

Was schreibt ma do bloß etzert nei?
Dem Schorsch fällt erscht mol gor nix ei,
genauso wenig seiner Fraa.
Geistreich solls ja aa nuch saa,
es nützen drum aa kaane Sprüch
aus dem Kalender in der Küch,
denn die senn allgemein bekannt
und werklich net aus erster Hand.
So einfach will er sich´s net machen,
des schafft er scho, wär doch zum Lachen!
Er sinnt und denkt und überlegt,
ob sich net a Gedanke regt,
doch noch und noch werd´s immer schwerer,
der Kopf,so scheint´s, werd immer leerer,
und langsam macht sich, mit der Zeit,
ein bissla aa Verzweiflung breit.
Das Gästebuch werd still verflucht,
die zündende Idee nuch gsucht.
Fast hätt er do schon aufgegem,
das Buch dem nächsten übergem
und einfach unterschriem mol, wo
a scheener Spruch stand sowieso,
do plötzlich kummt, nach longer Quol,
der Geistesblitz mit einem Mol.
Beglückt greift er zum Kuli jetzt
und schreibt ins Buch zu guter Letzt:

was für den Stier.das rote Tuch,
ist für den Gast das Gästebuch!
Ein netter Abend wird versaut!
Ganz herzlich Schorsch und Edeltraut....

In der Stadt

Der neue Markt

Der Schorsch hot mit der Edeltraut
den neia Markt amoll ogschaut.
Den Baumsool und des Stodtparkett
fanden se ja halbwegs nett,
aa den Brunna und den Boch,
net die Laternapfähl jedoch.
„Die passen net, schau der des o,
zu die olden Häuser do!"
maant der Schorsch und lecht glei noch,
„des schlimmste ober, ohne Froch,
des senn die neia Brotworschtständ,
die tät i sprenga, wenn i könnt!
Die rote Farb passt doch vill mehr
als Stützpunkt vo der Feierwehr!
Die senn doch net a bissla schee,
des tut die Aung ja scho fast weh!"
Um den Schock schnell zu verdaua
und den Ärger abzubaua,
hot er sich a Bier bestellt,
vorm „Oskar", wo`s ihm sunst ja gfällt,
doch desmol wor des net aso,
ein Heidenlärm wor dauernd do.

Gleich nemdro, im Bächla drinner,
is ja der Spillplotz vo die Kinner
mit Spiroln und Wasserrod,
wo jedes Kind a Freid dro hot,
und fortner on die Dinger dreht
und schaut, wohie des Wasser geht.
Bloß, die Spiroln is halt net gschmiert,
wos zu am Dauerquietschen fiert.
„Des hält ma net auf Dauer aus,
wennst do ärbern musst – a Graus!“
is dem Schorsch sei Kommentor,
„do is vielleicht ganz gut sogor,
doss net immer Wasser fließt,
wall manche Leit ihrn ganzen Mist
in den Boch neihaua do
und des Sieb verstopft davo.
Bei der Stodt, fast scho normol,
worn se überrascht totol,
dobei hot ma in die Brunna
scho immer Dreeck en masse ja gfunna.
Am besten wärs, ma schütt na zu,
dann hätten alle zamm ihr Ruh
und kaaner könnt mehr neifalln aa,
so einfoch konn die Lösung saa!
Und vo die Grüna gäbs nuch Lob,
entstängert draus a Biotop!“

Nachtrag

Des Quietschen hot erheblich gsteert,
vill Leit ham sich desweng beschwert,
so doss die Stodt, mit a weng Frust,
die Spiroln abbaua musst.
Wenns geht, dann werd se repariert,
sonst a neia halt montiert,
wobei nuch in die Stern ja steht,
ob des dann jedes Johr so geht.

Am Wochenmarkt

A Samstoch is fürn Schorsch erscht schee,
konn er on Wochenmarkt do geh.
Er will oft net amoll wos kaafen,
doch trifft ma immer Leit zum Waafen
und dann schaut er, ganz in Ruh,
dem bunten Treim am Markt bloß zu.
Hie werd mitn Auto gfohrn,
und um die Parkgebühr zu sporn,
drüm bei der AOK geparkt,
do is a Katzensprung zum Markt.
Dort schaut er sich erscht amoll um,
geht drinna und aa draußen rum,

vergleicht die Preise überoll
- meist differiern se net so toll -
und hört intressiert sich o,
wos ogepriesen werd so do:
die Traum und Beern senn zuckersüß,
erntefrisch des Obst und Gmüs,
aa wenn's aus Italien is,
und die Eier, des is gwiss,
die senn vo glücklichere Henna,
wo Bauern sie mit Noma kenna.
Knackig Spargel und Salot,
kaa Stond am Markt an bessern hot,
des socht a jeder vo seim Zeich,
drum lohnt sich ja aa der Vergleich.
Später, gega elfa rum,
werd die Wor, des is net dumm,
immer billiger teilweis.
Des Obst muss weg, drum werd der Preis
günstiger, je mehr ma nimmt,
so mancher langt do zu bestimmt.
„Schaua Se die Erdbeern o",
socht on am Stond zum Schorsch der Mo,
„Sie braung fast gor nix mehr bezohln,
bloß 10 Euro für 6 Scholn!"
„A weng vill für 2 Persona,
kaum für umsunst tät sich des lohna,

mir wolln aa nuch wos annersch essen",
maant der Schorsch, „des konnst vergessen!"
„Machen `S Marmelad davo!"
kummt der Vorschlog vo dem Mo.
„Mir könna doch net jede Wochn
fortna Marmelad eikochen",
lehnt der Schorsch nuch amoll ab,
„des bringt mei Fraa zu orch auf Trab.
Mir könntn uns dann, möcht i wetten,
vor Marmelad gor nimmer retten.
Zwaa Scholn nimm i Ihnen ab",
socht der Schorsch dann zu ihm knapp.
Der packt se ei und maant bloß:"Hier!
Fünf Euro kriegert ich dafier!"
„Wos!?" ruft drauf der Schorsch entsetzt,
„des is ober teier jetzt!
Macht doch aus dem ganzen Zeich
einfoch Marmelad für eich."

Der letzte Schrei

Der Schorsch hot mit der Edeltraut
neilich aufn Markt neigschaut,
wie der Umbau vorwärts geht
und ob der Brunna denn scho steht.
Wie se so dahie flaniern
und sich lauthols echauffiern
über Baam, viereckert gstutzt,
den Bachlauf, der noch ungenutzt,
do treffen se a Ehepoor,
gute Freind seit 20 Johr
und sie schimpfen dann zu vert,
doss des alles eh nix werd.
So fanga se halt o zu waafen
und korz bevor se weiterlaafen
macht die Edeltraut am End
der Freindin nuch a Kompliment:
„Du host do ja ein tolles Kleid,
des is bestimmt net aus Bareid!“
„Nana“, antwort die ander do,
„des is a Gschenkla vo meim Mo.
Wie mir jetzt in Italien worn,
semmer aa noch Mailand gfohrn,
do hobbin in die Gschäfte gschlaaft
und er hot mir des Kladla kaaft

und a poor Schuh aa nuch mit glei,
alles nochn letzten Schrei!"
„Und", will die Edeltraut do wissen,
„wie oft host denn schreia müssen?"

Änderung

Der Schorsch hot in sei Zeitung gschaut,
do socht zu ihm die Edeltraut:
„Ich brauch dringend a neis Kleid,
es is allerhöchste Zeit!
Es wär fei werklich richtig schee,
tätst du moll widder mit mir geh!"
Dem Schorsch is klor, des ziecht sich hie,
entscheidungsfreudig wor sie nie.
Shoppen is für ihn a Strof,
doch is er halt a weng a Schof
und so gänga se zu zweit
in die Stodt nei, zwengs am Kleid.
Noch 3 äußerst langa Stundn
ham se immer nuch nix gfundn,
doch in aaner klann Butique
ham se endlich dann doch Glück,
do gibt's a Klaadla, richtig chic,
nuch dazu a Einzelstück,

des gfallert ihnen alle zwaa.
Der Schorsch denkt noch, socht dann:"Naja,
des Klaad wern Sie jetzt sofort los,
Sie müssten nuch wos ändern bloß!"
„Des machen mir doch, gor ka Froch,
innerhalb vo zwaa, drei Toch",
antwort die Verkäufrin do
und strohlt die beiden freindlich o:
Wolln Ses weiter, kürzer, enger
oder gor a bissla länger?"
Do grinst der Schorsch a weng und socht:
„ich hob do mehr on Preis gedocht!"

Urlaubswetter

Der Schorsch wor, noch der Urlaubszeit,
aufm Markt und hot sich gfreit,
wie er an Bekannten do
getroffen hot. Er spricht na o
und dann sinn se ziemlich bald
aufn Urlaub kumma halt.
„Wie wors bei eich?" frächt sei Bekannter.
„Aa Toch wor schänner wie der ander!"
maant der Schorsch zu ihm do gleich.
„Des glaab i net, du bist ganz bleich!"
kummt die Antwort aa scho fix,
„vo Farb sich ich bei dir ja nix!"
„Des stimmt scho!", socht der Schorsch do glei,
„du denkst der bloß wos Falsch dabei.
Mir worn in Östreich, in die Berch,
do is net immer so a Gwärch,
und wie mir ogreist sinn vor Ort,
hots wie aus Eimern gschütt bloß dort.
Der Reng is täglich wenger worn,
noch aaner Wochn sinn mer gfohrn,
do schien die Sunna scho fast her:
an Toch wors schänner wie vorher!"

„An- und Verkauf“

Der Schorsch wor kürzlich in der Stodt,
wo er sich mol umgschaut hot,
obs neia Läden gibt vielleicht.
Wie er übern Markt so schleicht,
kummt er on am Gschäft vorbei,
des macht den Eindruck, es wär nei.
Die Auslog biet a wüstes Bild
und im Fenster hängt a Schild,
„An - und Verkauf“ steht do drauf,
des fällt dem Schorsch als erschtes auf.
Er is natürlich intressiert
und geht desweng recht ungeniert
- kaafen wollt er sich ja nix -
aa in den Loden nei ganz fix.
Drinna frächt er glei den Mo:
„wos kaafen Sie denn nacherd so?“
„Bloß olds Glump, wo kaans mehr braucht
und des nuch a weng wos taucht“,
socht der Händler do zu ihm,
und des is net übertriem,
denn schaut ma sich im Loden um,
liecht a Haufen Ramsch bloß rum.
„Und wos verkaafen Sie dann do?“
fängt der Schorsch glei widder o.

Verwundert schaut der Ander auf,
grinst a weng und maant dann drauf:
„des zu derroten is kaa Kunst,
Antiquitäten, wos denn sunst!“

Im Wirtshaus

Im Nobel-Restaurant

Der Schorsch wor kürzlich auf`m Land
in am Nobel – Restaurant.
Preis und Portion sinn ja normol
do umgekehrt proportionol,
drum wär er ganz bestimmt aa nie
aus eigna Ontrieb je do hie.
Doch hot er, wall`s ja noh aa liecht,
an Gutschein zum Geburtstoch kriecht
und is halt notgedrunga g`fohrn.
Die Edeltraut wollt`s sich ersporn
und außerdem hätt aa vielleicht
der Gutschein ja für zwaa net g`reicht.
Er hot dann dort in dem Lokol
sich a Menu bestellt erscht mol,
dazu a Wein is net verkehrt,
damit der Gutschein ausg`nützt werd.
Noch geraumer Zeit kom dann
der Ober mit am Teller an.
Sofort moniert der Schorsch aa los:
„Der Teller is ja nuch ganz noss!"
Do maant der Kellner, leicht verprellt,
„das ist das Süppchen, wie bestellt!"

Korz drauf kom scho des Hauptgericht,
schee übersichtlich ongericht`
und des Werk wor ungeniert
mit der Soß aa nuch signiert!
Der Ober kom dann zu ihm her:
„wie fanden Sie das Fleisch, mein Herr?“
Der Schorsch is richtig zammag`schreckt;
„Najo, es wor recht gut versteckt!
Unterm Salot wor`s nacher gleng!“
socht der Schorsch drauf ganz verleng.
Der Nochtisch, besser des Dessert,
kom dann aa glei hinterher.
Komposition hieß des ja nur,
bloß vo Musik nicht eine Spur!
5 Stückla Obst, a bissla Eis,
und alles zu am stolzen Preis,
doch wor`s ja net sei Geld zum Glück,
wie er gezohlt hot noch am Stück,
sonst wär`s ihm vielleicht schlecht nuch worn.
So is er schnellstens haamwärts g`fohrn
Die Edeltraut wollt, des is klor,
natürlich wissen, wie`s so wor.
Er hot alles ihr erzählt
und zum Schluss dann fest nuch g`stellt:
„ma konnt des Zeich scho alles essen,
den Preis musst halt dabei vergessen

und nuch wos konn ich dir verroten:
nix geht über Klees und Broten!!"

Das Schnitzel

Der Schorsch wor mol, zum Mittochessen,
am Markt in aaner Wirtschaft g`sessen
und hot a Schnitzel sich b`stellt do,
des isst er gern, vo Kindheit o.
Wie`s ihm die Kellnerin serviert,
is der Schorsch erscht mol schockiert!
„A Kinnerschnitzel wollt i net!"
hot er sie glei erbost beredt,
„a Schnitzel hob i do scho g`habt,
des is vom Teller nunterglappt,
des do heit is halb so groß,
wos denkt der Wirt sich denn do bloß?"
„Naja, des is ganz schnell erklärt",
maant die Bedienung unbeschwert,
„do sinn se sicher draußen g`sessen
und do tu mer halt zum Essen
immer a weng mehr serviern,
walls die Passanten registriern!

Beim Essen

Die Edeltraut, die wor auf Kur.
Den Schorsch stört eingtlich dro nur,
doss er sich selber kochen sollt,
des hot er vorher ja nie gwollt,
drum konnt mas etz aa net verlanga.
So is er mittogs essen ganga.
In Moosing wor er do mol gsessen,
hot Klees mit Schweinebroten gessen,
do sicht er on am Nebentisch
a Ehepoor, net mehr ganz frisch,
die ham, noch längerm Hie und Her,
aa Portion bestellt, net mehr.
Wie`s Essen kummt, haut er glei nei,
sie sitzt danehm und strohlt dabei.
Der Schorsch frächt dann, noch korzer Zeit:
„Sie ham kann Appetit, scheint`s, heit?"
Do lächelt sie ihn freindlich o:
„ich teil mir alles mit meim Mo!
Er fängt etz o, ich mach dann weiter,
annersrum wär`s aa net gscheiter!"
„Wär`s net besser, denk ich mir",
socht der Schorsch aa scho zu ihr,
„sie ordern sich Besteck und Teller,
do geht des alles doch vill schneller

und sie esserten mitnander?“
„Nanaa!“ antwort do schnell die ander,
„damit ich essen konn in Ruh,
brauch ich halt des Gebiss dazu!“

Wirtschaftskrise

Der Schorsch wor neilich widder aus,
zum Essen in an ghobna Haus,
des gönnt er sich scho manches Mol.
Wie er neikummt ins Lokol,
sicht er an Bekannten glei,
bei dem am Tisch is nuch wos frei.
Es is der Schindelhuber Franz,
der hot a Baugschäft driem in Kanz.
Der Schorsch setzt sich also do no,
begrüßt zuerscht amoll den Mo,
wünscht guten Appetit aa glei,
denn der haut scho tüchtig nei:
Austern, Hummer, Kaviar,
dazu Champagner, völlig klar.
Nochn Essen ham se gwaaft,
dabei die Wirtschaftskrise gstraaft,
und der Franz, der jammert glei,
ihn hätts voll derwischt dabei,

dass im Gschäft fast nix mehr geht
und er vor der Pleite steht.
Der Schorsch socht do drauf bloß:"Naja,
gor so schlimm konns ja net saa,
wennsd der solche Sachen leist!"
Der Franz, der grinst und maant dann dreist:
„Frieher hot des Geld ganz leicht
halt aa für mei Fraa nuch greicht!"

Idealgewicht

Im Sommer, wenn des Wetter passt,
is der Schorsch des öftern Gast
im Biergarten zum Brotzeit machen.
Er genießt die guten Sachen,
dies do gibt, in aller Ruh
und trinkt aa a poor Bier dazu.
Erscht kürzlich wor er widder dort,
wollt noch aaner Stund scho fort,
do sicht er an Bekannten hocken
und lässt sich doch zum Bleim verlocken.
Der Schneiders Thilo wors, vo Schreez.
Er frächt natürlich glei:"wie gehts?
Gsäng ham mir uns ja ewig nimmer,
wos treibst denn du so nocherd immer?"

So gibt des aane Wort des ander,
sie sitzen nuch a Stund beinander,
quatschen über des und jens,
des Waafen is halt doch wos scheens.
Und unter anderm kumma sa
auf ihr Gwicht zu sprechen aa.
„Ich bin seit Johren scho zu schwer“,
klogt der Schorsch“,und `s wird fort mehr!“
„Ich hob domit kaa Problem“,
maant der Thilo, „nie im Leem!
Scho seitdem ich 20 wor
wieg ich des gleiche Johr für Johr.“
„Des glaab i obber net so recht,
ich kenn di doch aa schlanker, echt!“
stutzt der Schorsch und schaut na o.
„Wievill wiegst denn immer so?“
Und grinsend socht do drauf der Thilo:
„zwischen ochzich und hunnert Kilo!“

Die Fee

Der Schorsch wor neilich widder mol
wie üblich in seim Stammlokol,
hot dort in Ruh, so wie sichs gheert,
zwaa Seidla noch und noch scho gleert

„Aans trink i nuch!“ ruft er den Wirt,
„ich hob an schlechten Nierenwert,
mei Orzt hot gsocht ich muss mehr trinken,
dann werd er sicher widder sinken.“
„Der hot bestimmt vo Wasser gredt,
doss Bier do hilft, des glaab i net!“
socht der Wirt und lacht dazu.
„Du bist ka Orzt, gib bloß a Ruh!
Wos der sich denkt, des is mir worscht
und außerdem hob ich nuch Dorscht!
Oder werd dei Bier scho knapp?“
bricht der Schorsch des Thema ab.
Der Wirt bringt grod des neia Bier,
do kummt a Freind rei zu der Tür,
der Hans is, der noch seiner Ärbert
ohne sei 5-Uhr-Seidla sterbert.
Er geht zu ihm on Tisch glei no,
„Servus Schorsch, bist aa scho do!“
begrüßt er ihn zuerscht amoll,
„schau wos ich hob, des is ganz toll!“
Scho langt er in sei Taschn nei,
tut ganz geheimnisvoll dabei,
und holt a Männla dann do raus,
des sicht ganz wie a Spielzeug aus,
für größre Kinner vielleicht bloß:
so 30 Zentimeter groß,

schwarze Brilln und dunkle Hoor,
Onzuch und Krawattn gor
und der Schorsch, ma glabts fast nicht,
kennt vo dem Männla aa des Gsicht.
„Des is der Simmel, bloß in klaa,
wos soll denn do so toll dro saa?“
frägt er den Hans drum ganz verwundert,
davo gibts sicher a poor Hundert.
Schee is zwor gmacht, ober wos solls,
es is halt Plastik oder Holz!“
Der Schorsch hot kaum ausg`sprochn ghabt
do is sei Kinn noch unten klappt,
ganz verdattert sitzt er do:
des Männla fängt zu Laafen o!
Ohne Aufzieng, ganz alaa
gehts hie und her zwischa die zwaa,
grüßt erscht den Schorsch und dann sein Freind
und fühlt sich pudelwohl, wies scheint.
„Dunnerwetter, Sakradi,
des gibts ja net, schau ner bloß hie!
Konn des Männla aa nuch mehr?
Und überhaupt, wo hosts denn her?“
will der Schorsch natürlich wissen,
„des werst mer scho verroten missen!“
„Des erzähl ich jetzt bloß dir,
behalt`s für dich, versprichst des mir?“

bemst der Hans erscht amoll hie,
„des is a G`schicht, die glabst du nie!
Ich will grod in die Wirtschaft geh,
bleib on der Eckn nuch mol steh,
do fährt a Auto durch die Gass
und spritzt mei ganza Hosn nass.
Vor lauter Wut, wall so versaut,
hob ich on die Latern noghaut,
die on dera Eckn steht.
Ka Sekundn nuch vergeht,
do machts auf amoll ganz leis „Bing"
und vor mir steht a seltsams Ding:
a ältre Fraa im rosa Kleid,
am Rücken Flügel, ziemlich breit,
an Schmetterling im schwarzen Hoor,
umgeem vo Flitter ganz und gor,
des weiße Gsicht is asiatisch
ober werklich ganz sympathisch.
„Ich bin die gute Fee Au-Wei,
einen Wunsch hast du jetzt frei!"
socht sie zu mir und lächelt nett.
Lang überlegt hob ich do net
und ihr mein Wunsch glei vorgetrong.
In dem Moment, wos soll ich song,
steht scho des Männla am Trottoir,
die Fee wor weg.Des is fei wohr!

Ober..." fängt der Hans nuch o,
do rennt der Schorsch aa scho davo,
naus auf die Stross zu der Latern.
„An Batzn Geld hätt i scho gern,
net so a Männla, so an Dreeck",
so überlegt er auf seim Weg.
Kaum is er draußen, fix wie nie
haut er on die Latern scho hie
und prompt erscheint aa glei die Fee.
„Es stimmt werklich, des is schee!"
denkt si der Schorsch, der skeptisch wor,
„etz lang i zu, des is ja klor!"
„Ich bin die gute Fee Au-Wei,
einen Wunsch hast du jetzt frei!"
socht die Fee ihr Verschla auf,
der Schorsch, der wart ganz fibbrig drauf.
„Ich will vo Ihnen bloß des eine:
3 Millionen in klaane Scheine,
doss ich recht lang wos davo hob!"
Die Fee tippt mit ihrm Zauberstob
on die Latern, dann machts bloß „Bing"
die Feee is weg und in am Ring
vo siem, ocht rosa Ferkala
lieng 3 Melona am Trottoir.
Der Schorsch is wie vom Blitz getroffen,
wos is denn do bloß falsch geloffen?

On die Latern haut er sofort,
doch die Fee, die bleibt jetzt fort.
Aufm Absotz macht er kehrt,
damit er sich beim Hans beschwert.
Der sitzt am Tisch, grinst vor sich hie,
der Schorsch is wutig wie nuch nie:
„So ein Betrug, so ein scheiß Mist!
Du und mei Freind! Waaßt wos du bist?
Du bist der größte Vollidiot,
worum host mi net gwarnt etz grod?
Wünsch ich mir draußen 3 Millionen
und krieg statt dessen 3 Melonen,
dazu an Haufn klaane Schweine
onstott des Geld in klaane Scheine!
Wos soll ich mit dem ganzn Graffl,
am liebsten hauert ich dir in die Waffl!"
so brüllt der Schorsch den Hans glei o.
„Jetz setz di erscht mol widder no",
beruhigt der ihn zunächst a weng,
„und sei mit mir net gor so streng!
Wärst net glei nausgwärcht zu der Tür
in deiner übertriebna Gier,
hätt ich dir gsocht, so wie jetzt grod,
doss die Fee a Mackn hot.
Worum mas überhaupt probiert
und die aus China importiert,

des Sprochproblem glei mit dabei,
des geht mir absolut net ei.
Vielleicht versteht se uns net recht
oder hört bloß einfoch schlecht,
doss des net funktioniert wies soll
und mir daneem glangt ham ganz toll.
Glabst du, ich wollt, du lieber Himmel,
an 30-Zentimeter-Simmel?"

Spannung

Im Cafe Ponte am Kanol,
do soß der Schorsch im Frühling mol
mit seim olten Kumpel Tino
schee gmütlich bei am Cappuccino.
Sie ham die Sunna dort genossen
und die Zeit verrinna lossen,
ham über des und jenes gwaaft
und sich nuch a Bierla kaaft.
Plötzlich socht sei Freind zu ihm:
„sichst du die blonde Fraa do driem,
on dem Tisch do ganz allaa?
Des könnt die Schmidtn Bärbel saa,
die schaut im Gsicht so ong`spannt aus,
die hot bestimmt recht Stress za Haus!"

Do socht der Schorsch:"des glaab i net,
wall ich des scho erfohren hätt.
Mei Fraa kennt die ja länger scho,
do hätt se mir erzählt davo.
Auf mein Blick konnst dich verlossen,
bestimmt hot die sich liften lossen!"

Liederabend

Der Schorsch is omds im „Oscar" gsessen,
hot wos getrunken, aa wos gessen,
do kummt, es wor scho 10 vorbei,
sei older Freind, der Klaus, nuch rei.
Der hot an dunkeln Onzug o.
Verwundert schaut der Schorsch ihn o:
„Wie bist denn du heit ausstaffiert?
Is woll irgendwos passiert?"
„Nanaa!" beschwichtigt ihn der Klaus,
„ich kumm grod ausn Opernhaus,
a Liederomd is gwesen do,
mit Jeans konnst do ja wohl net no!"
„Und hots der gfalln? Wie wors denn dort?"
fällt na glei der Schorsch ins Wort.
Zögernd maant der Klaus:"Naja,
a Sängerin gobs do heit aa,

die hot an Schmelz ghabt in der Stimm,
des wor werklich ziemlich schlimm!"
„Schmelz und schlimm, des konns net geem",
socht der Schorsch, „niemols im Leem!
Und scho net im Opernhaus!"
„Genauso wors!" antwort der Klaus.
„Um Neina wor die Pause rum
und donoch wor des Publikum
um gut und gern 50 Prozent
zammagschmolzen scho vorm End!"

Das Inserat

Die Edeltraut wor mit`n Schorsch
zum Essen mol am Markt beim „Porsch".
(A anners Wärtshaus gängert net,
wall sich's ja dann net reima tät).
Sie sitzen gmietlich nuch beim Bier,
do kummt a Fraa rei zu der Tür,
die kenna sa vo Jugend o.
Sie setzt sich gern zu ihnen no
und erzählt aa korz drauf scho,
wos sich bei ihr so hot geto.
„Mei Mo is gstorm ja vor 3 Johr,
woraufs mir dann zu einsam wor.

Damit do irgendwos passiert,
hob im Kurier ich annonciert,
doss ich a Bekanntschaft such."
„Wor er erfolgreich, der Versuch?"
frächt die Edeltraut do glei,
„is wos rauskumma dabei?"
„Der Erfolg, der wor gleich Null!"
antwort die Freundin sorgenvull,
und der Schorsch socht sofort drauf:
„Ober aans fällt mir do auf,
du trägst do doch an Ehering!
Wos hots denn auf sich mit dem Ding?"
„Des stimmt!" socht sie do ziemlich bitter,
„verheirot bin ich etzert widder.
Doch hot sich rausgstellt immer weiter,
doss er halt bloß a Null is leider!"

Verlobt

Om Stammtisch fällt so manches Wort
zu Politik und aa zu Sport,
doch reden meist halt alle Herrn
über Promis net so gern,
do tun se sich a bissla schwer.
Trotzdem, es is scho a weng her,

gings aa amol um Prominenz
und ihr gewisse Dekadenz.
„Hobter `s glesen, do der aa,
solls ochte Mol verheirot saa!“
nimmt der Korl des Thema auf.
„Soll er!“ maant der Schorsch do drauf,
unseraans konn des ja net,
geht bloß mit aaner fort ins Bett!“
„Ich hobs scho öfters mol geprobt,
ich wor rund 30 mol verlobt!“
wirft der Heiner ganz stolz ei
und die Rundn staunt dabei.
„Wetter!“ socht der Schorsch, „des wor
a neie Fraa jeds Verteljohr!
So a gewaltiger Verschleiß,
ich glaab, du machst uns do wos weiß!“
„Na, na!“ wehrt glei der Heiner ab,
„do wärn die Weiber ja fast knapp.
Ich nimm scho net a jede aa,
es wor doch fort die selbe Fraa!
Bei jeder klännern Streiterei
wor die Verlobung scho vorbei,
mit Ring hieschmeißen und so weiter,
und des ziemlich oft halt leider.
Mir ham uns immer schnell versöhnt
und uns langsam do dro gwöhnt.“

„Verheirot bist du ober doch?"
frächt der Schorsch nuch amoll noch.
„Des bin i!" stellt der Heiner klor
„mit dera Fraa, seit gut 10 Johr.
Irgendwann hots uns ehm greicht
und Scheiden is halt net so leicht."

Kunstgenuss

Am Stammtisch ham se debattiert
und über Kunst sich echauffiert,
moderne Inszenierungen
und ähnliche Verirrungen.
Der Hans schimpft:"aans des soch i eich,
ich konns nimmer säng des Zeich!
Des Publikum is denen worscht,
do werst doch bloß ner nuch verorscht!"
Do unterbricht der Schorsch na Hans.
„Des stimmt ober so net ganz.
Ich verdank, konn ich bekunden,
seit Johrn scho wunderbore Stunden
Opern und Theoterstücken,
womit die Hofer an beglücken
und manchem ganz bekannten Stor,
der in der Stadthall aa scho wor!"

„Des hob i ja nuch gor net gwisst,
doss du a Kunstliebhober bist!“
maant verwundert drauf der Hans.
„Des stimmt widder aa net ganz!“
antwort der Schorsch in aller Ruh
und grinst verschmitzt a weng dazu,
„ich geh ja selber gor net no,
mei Fraa, die hot a Abonnment!“

Der Beginn des Lebens

Der Schorsch geht jede Wochn mol
zum Stammtisch in sei Stammlokol.
So drei, vier Freindla trifft er dort,
sie reden recht vill über Sport,
wos überhaupt und in Bareid
halt so passiert die ganze Zeit.
Die Debatten sinn oft hitzig,
manchmol aa a bissla witzig
und hie und widder konns scho saa,
doss philosophisch werd fast aa.
Erscht neilich ham se intressiert
a ernsthafts Thema diskutiert:
wann beginnt des Leb`n genau?
Der Wolfi, meistens net so schlau,

socht glei:"des is ja gor ka Froch,
mit der Geburt, des waaß ma doch!"
„Na, na!" entgengt der Willi do,
„mit der Zeugung fängt des o!"
Der Conny maant, mehr mitten drin,
wenn ma `s scho sicht, is der Beginn.
So geht`s a zeitlang hie und her,
a Kompromiss is do halt schwer.
Dann setzt der Schorsch den Schlusspunkt drauf:
„hört mit der Theorie bloß auf!
`s geht los, so schaut die Praxis aus,
sinn erscht die Kinner ausn Haus!"

Beim Schorsch dahaam

Theater

Der Schorsch wor in seim Wirtshaus gsessen
und hot die Zeit dabei vergessen,
hot seina Bierla gmietlich gschlabbt
und is recht spät erscht haam gedabbt.
Sei Edeltraut wor scho im Bett,
ober gschlofn hot se net.
Der Schorsch hot gmerkt, sie is nuch wach
und rechnt mit am mittlern Krach.
Er nimmt an Stuhl sich aus der Küchn,
is ins Schlofzimmer nei gschlichn,
stellt na vor die Betten auf
und setzt erwartungsvoll sich drauf.
Die Edeltraut schaut staunend zu
und frächt na dann:“wos machst denn du?
Wos soll des wern jetzt in der Nocht?“
Do socht er zu ihr mit Bedocht:
„Wenn des Theater los geht glei,
dann sitz ich in der erschten Reih!“

Fürsorge

A Hausmonn is der Schorsch net grod,
wenn er aa scho zuglangt hot,
loch sei Fraa so hin und wieder
krankheitshalber mol darnieder.
Ansonsten schaut er lieber zu,
lässt se wärng und hot sei Ruh,
hebt höchstens seina Baa mol on,
damit se drunter durch saung konn.
Geburtstoch hot se jetzt erscht ghabt
und alles hot ganz prima klappt:
sei Gschenk is bestens ogekumma,
zum Kaffee is Verwandtschaft kumma,
omds hot die Edeltraut gut kocht
und der Schorsch hot dann gedocht,
on den Abwasch in der Küch`.
Drum socht er zu ihr fürsorglich:
„Heit brauchst net spüln die ganzen Sachen,
des konnst ja morng dann nuch mit machen!

Positives

Der Schorsch will in sei Bett nei geh,
des Fernsäng, des is net so schee
und aa sei Bier is lang scho leer,
drum fällt na des heit aa net schwer.
Wie er ins Schlofzimmer nei geht,
sicht er sei Edeltraut, die steht
vorm großen Spiegel, hot nix on,
schaut sich vo obn bis unten on,
dreht sich um und aa zurück
und socht zu ihm dann noch am Stück:
„Ich ghör jetzt aa scho zu die Alten,
die Haut wirft ieberoll scho Falten,
es geht, wie ma ganz deitlich sicht,
die Zellulitis bis zum Gsicht,
der Busen hängt und aa der Orsch.
Ich wer depressiv! Ach Schorsch,
bau du mich halt a bissla auf,
waaßt du nix positivs do drauf?“
Und der ihr aa den G`falln glei tut:
„Deine Aung sinn nuch recht gut!

Der Spreißel

Der Schorsch wor in der Küchn ghockt,
hot alles andre als frohlockt,
mit am Spreißel in seim Finga,
den wollt er widder raus halt bringa.
Mit aaner Nodel stochert drum
er tapfer on dem Finger rum,
doch der Spreißel sitzt zu tief
und es geht ondauernd schief.
Er flucht und jammert vor sich hie
und endlich hörts dann aa mol sie,
die Edeltraut, und schaut noch ihm.
„Ja, wos host denn du getriem?
Do schauts ja aus wie im OP,
zeich halt her, loss du des geh!“
socht se und geht zu ihm no.
„A Spreißel steckt im Finger do!“
klogt der Schorsch und streckt na hie.
Mit am Lächeln frächt drauf sie:
„wie host denn des gmacht widder mol?
Host dich on deim Kupf kratzt woll?“

Rundfunk

Der Schorsch hört gern, er is halt so,
mol omds im Bett nuch Radio,
kaa Musik, Korzgschichten ehr,
aa Reportagen gfalln ihm sehr.
Eines Omds denkt er im Bett,
der Radio wär jetzt ganz nett,
schalt na fernbedient aa on
und werklich kummt a Gschichtla dron.
A zweite folgt dann sofort drauf
und dem Schorsch fällt langsam auf,
die hot er doch erst gestern ghört.
A bissla is er scho verstört,
doss die beim Rundfunk so weit gänga
und Wiederholungen fort bränga.
Am nächsten Omd schalt er dann o
und widder is des selbe dro!
Er schalt glei um und siehe da,
do kummt des Gschichtla Nummer zwaa!
Welcher Sender is ganz gleich,
überoll des selbe Zeich!
Ihm fällt a gscheiter Fluch bloß ei,
do kummt die Edeltraut grod rei.
„Die spinna doch beim Rundfunk do!"
fängt der Schorsch des Schimpfen o

und erzählt ihr ganz empört,
wos er die letzten Toch so ghört.
Die Edeltraut hört grinsend zu.
„A weng dabberd bist bloß du!"
socht se drauf und lacht grod naus,
„a Monnsbild, wie er denkt a schlaus,
hört tochelang, des tut scho weh,
ohne `s zu merken a CD

Der Heimkehrer

Der Schorsch wor widder mol bis speet
am Stammtisch g`sessen. Wie`s so geht,
hot er aa vill gebechert g`habt
und is recht schwankend haam gedabbt.
Dort wollt er, ganz aus Rücksicht nur,
sich auszieng draußen scho am Flur,
is g´stolpert obber dann dabei
und mit Gepolter hieg`falln glei.
Die Edeltraut wor sofort wach:
„Wos machst denn du do für an Krach?
Wos is `n los? Is wos passiert?
"ruft sie vom Bett aus ganz schockiert
„Ach nix!" socht er in seiner Not,
„meina Schuh sinn umg`falln grod!"

„Deina Schuh??" kummt streng die Froch,
„des gibt doch niemols so an Schloch!"
„Naja!" maant er do leicht erschreckt,
„ich bin halt aa nuch drinna g`steckt!"

Die Fabrik

Der Schorsch is vom Spazierngeh kumma,
hot dahaam sei Zeitung gnumma,
wollt grod am Sofa sich platziern,
um des Blättla zu studiern,
do kummt sei Edeltraut dazu
und es wor aus mit seiner Ruh!
„Wo bistn heit a weng rumgloffn?
Host unterwegs aa wen getroffn?
Gibts wos Neis, erzähl halt scho",
so fängt se gleich des Questern o.
„Ich wor in der Stodt drin bloß,
ober do wor gor nix los,
ka Bekannter weit und breit
unter dena ganzn Leit",
dämpft der Schorsch ihr Neigier glei.
„Doch halt! do fällt mir grod nuch ei,
vorm Karstodt stand der Meiers Fred,
mit dem hob i a bissla gredt.

Dem gehts so weit ganz gut, socht er
und aa sei Gschäft werd immer mehr,
drum expandiert er aa zur Zeit
in China, des is zwor recht weit,
ober billig nuch zum Glick,
do baut er etz a Astfabrik!"
Die Edeltraut stutzt erscht a weng,
dann socht se zu ihm ziemlich streng:
„A Astfabrik? Wos soll des saa?
Äst wachsen doch vo ganz allaa!
A jeder Baam is voll davo,
wos für an Schmarrn erzählst denn do?"
Der Schorsch is erscht a weng erschrocken,
denkt noch und socht dann zu ihr trocken:
„A Astfabrik wors glaab i net,
er hot wohl vo am Zweigwerk gredt!"

Die Nachbarin

Am Samstoch nochn Mittochessen,
sie senn am Tisch nuch a weng gsessen,
socht die Edeltraut neembei:
„ich bin on Markt doch heit frieh nei,
do triff i unser Nochbarin,
die vo do vorn, die Maierin,

wie se grod Salot eikaaft,
mit der hob i a bissla g`waaft
und soll dir an schenn Gruß ausrichten."
„Do konn i werklich drauf verzichten!"
maant der Schorsch recht forsch do drauf,
„die regt mi nämlich furchtbor auf,
wall se sich die ganze Zeit
bloß auslässt über andre Leit.
Sie kennt ja aa fast halb Bareith,
waaß über alle drum Bescheid
und erzählt die Sachen leider
ungeniert und brühworm weiter.
Wennst der wos sogst, ganz insgeheim,
könntsts aa glei in die Zeitung schreim,
des waaß bald jeder, gor kaa Froch,
ihr Goschn geht na ganzen Toch,
die Schnebbern bringt se gor net zu,
lässt mit ihrm Klatsch niemand in Ruh!
Die kriegt im Summer, drauf mei Hand
auf der Zunga Sunnabrand!"

Die Witwe

Dem Schorsch sei Fraa, die Edeltraut,
hot neilich ausn Fenster gschaut,
do ruft se plötzlich ziemlich forsch:
„Host se scho gsäng? Geh her mol Schorsch!
Do driem is in die letzten Toch
a junge Witwe eizong doch.
Ich hob mit ihr scho amoll gredt,
die is werklich richtig nett!
Grod geht se fort, schau doch mol her!"
Des intressiert den Schorsch scho sehr,
aaner junga, hübschen Fraa
schaut er gern scho noch mol aa.
Er springt sofort vom Sessel auf,
schaut naus und socht enttäuscht glei drauf:
„"A junge Witwe? Gor net wohr!
Die is bestimmt scho 70 Johr!
Wos für an Kees erzählst denn do?"
Die Edeltraut lacht ihn bloß o
und socht:"ich nimm dich net am Orm,
ihr Mo is halt erscht körzlich gstorm!"

Schönheit

Der Schorsch hot mit der Edeltaut
a poor Zeitschriften ogschaut,
er für Autos und für Sport,
sie für Klatsch und Tratsch die Ort.
Mittendrin socht sie zu ihm:
„Horch mol Schorsch, do drin steht gschriem,
a Schönheitsfarm do drüm bei Roth,
die hot a Sonderongebot:
a Wochenend und Service voll
für 100 Euro, des is toll!
Des tät i gern mol ausprobiern,
du müsserst mich halt hie chauffiern.
Du könntst mers zum Geburtstoch schenken,
brauchst dir nix annersch auszudenken!"
Der Schorsch denkt drüber net lang noch,
dann socht er:"des is gor ka Froch,
wennst denkst, es könnert dir wos nützen,
tät ich des scho unterstützen.
Bloß: 100 Euro wern net taung,
do werst scho eher 1000 braung!"

Die Küsse

Der Schorsch is nochn Mittochessen
schee gmietlich in seim Sessel gsessen,
hot nix gedocht, hot bloß verdaut,
auf aamol stellt die Edeltraut
sich ziemlich fuchtig vor ihn no
und socht recht forsch dann zu ihr`m Mo:
„Host du vielleicht mol in der Nocht
aus Versäng do dro gedocht,
doss mir bald Silberhochzeit ham?"
Der Schorsch der fährt vor Schreck ganz zamm.
„Des hot doch wochenlang nuch Zeit,
wos willst denn jetzert damit heit,
grod wo ich am Verdaua bin?
Oder host scho wos im Sinn?"
„Nojo", socht sie do drauf fast sacht,
„ich hob mir scho wos ausgedacht!
Ich wünsch, doss du romantisch bist
und doss du mich on 3 Stelln küsst!"
Der Schorsch is ganz erleichtert glei,
ihm fällt ka Hoken dabei ei.
„Wenn`s weiter nix is, des geht klor.
Doch sinn`s etzt 25 Johr,
do braucher ich an Tipp vo dir"
socht er fast strohlend dann zu ihr,

„wo sinn die Stellen denn genau,
net doss ich irgend wos versau!“
Die Edeltraut lacht ihn bloß o
und socht dann grod raus zu ihrm Mo:
„Die Stellen sinn, sei jetzt ganz stork,
Rio, Sidney und New York!“

Der Schwiegersohn

Der Schorsch, der hot a Töchterla,
rank und schlank, hübsch is se aa,
die is im Alter länger scho,
wo ma denkt halt on an Mo.
Seit Johrn hot sie jetzt scho an Freind,
es könnt wos Ernstes saa, wies scheint.
Und werklich kummt dann aa der Borsch
eines Toges haam zum Schorsch,
mit Bluma sowohl für die Braut
wie aa für die Edeltraut.
„ Herr Kunz, ich bitte Sie“, so socht er,
„heit um die Scheide Ihrer Tochter!“
Den Schorsch, den hauts glei fast vom Hocker!
„Woos!!Sie ham a Schraum wohl locker?“
fährt er`n o ganz ungehalten,
„ma tut doch um die Händ ohalten!“

Do socht der Jüngling drauf: " Noja,
mit der Händ konn ich`s allaa!"

Urlaub

(nach einer Kurzgeschichte von R.Goscinny)

„Bald is widder Urlaubszeit
und es werd scho langsam Zeit,
doss ma sich noch wos umschaut",
socht der Schorsch zur Edeltraut.
„Und wo willst überhaupt denn no?"
frächt sie erscht amoll ihrn Mo
„Des is kaa Froch, des is doch klor,
noch Jesolo, wie jedes Johr!"
socht er zu ihr do ganz bestimmt.
Die Edeltraut drauf, leicht verstimmt:
„Bloß net scho widder Jesolo!
Im Lebn fohr ich do nimmer no!
Dauernd liegst om Strand bloß rum,
des werd mer langsam doch zu dumm!
Ich möchert gern noch Österreich,
noch Kärnten do am Besten gleich.
Do brauchst aa net so weit zu fohrn,
den halben Weg kämma do sporn.

Mir gänga doch ganz gern mol wandern
und dort gibt's an Berg neberm andern,
dazwischen boden on am See,
Natur genießen, des wär schee!
Und sollt des Wetter schlecht mol saa,
konnst wos unternehma aa.
Wos Guts zu Essen gibt's aa dort,
net Nudeln oder Pizza fort!"
Dem Schorsch, dem hots die Sproch verschlong,
er konn erscht amoll gor nix song,
muss sich a Antwort überleng.
Dann socht er endlich, leicht verleng:
„Die Idee is gor net schlecht",
amol wos anners, mir is recht!
Ober mir sinn scho spät dro,
maanst mir finna nuch wos do?
A klaans Hotel, direkt om See,
net zu teier, ober schee?"
Die Edeltraut schaut na ruhig o
und socht dann zu ihm:"Lieber Mo,
ich hob scho längst wos für uns gsucht
und vor am halben Johr gebucht!"

Gemeinsamkeit

„Konnst a Gemeinsamkeit mir nenna
vo dunkle Wolken und vo Männer?"
frächt die Edeltraut ihrn Mo
und schaut erwartungsvoll ihn o.
Worauf will sie do etzert naus?
Fürn Schorsch is so a Froch a Graus,
eifalln tut ihm erscht mol nix.
„Ganz einfoch!" socht sie do scho fix,
„ham se sich verzong erscht moll,
werd der Toch meist nuch ganz toll!"

Die Brilln

Der Schorsch liest gern nuch nochts im Bett.
Vill schafft er do ja meistens net,
denn bald ziechts ihm die Augn scho zu,
dann löscht er`s Licht und es is Ruh.
Neulich socht die Edeltraut,
die grod zu ihm nüber schaut:
„du bist scheints heit net gut drauf,
du host fei die Brilln nuch auf!"
„Des is Absicht!" maant do er,
„ohne Brilln schlof ich nie mehr!"
„Bist denn etz völlig dabbert worn?"

frächt sie ihn mit leichtem Zorn.
Do erklärt er ihr ganz socht:
„ich hob geträumt die letzte Nocht!
Ich wor in der Lottostell,
wollt an Schein ausfülln nuch schnell,
do siech ich so aa Ort vo Fee
neba mir am Tischla steh,
die hält mir an klann Zettel no
und socht zu mir:"Schau, guter Mo,
des sinn die Zohln vo dera Woch!"
„Und host sa gmerkt?" kummt glei die Froch.
„Des is ja grod, des ging ehm net!"
seufzt der Schorsch do in seim Bett,
„ich hob die Zohln beim besten Willn
net lesen könna ohne Brilln!"

Kälte

Der Schorsch musst neilich nochts mol raus.
Des macht ihm ja on sich nix aus,
bloß im Winter moch er`s net.
Nochts is die Heizung abgedreht,
zwecks Lüftung steht des Fenster offen,
do konnst im Notfall bloß nuch hoffen,
dossd net festfrierst on der Brilln

und`s Wasser läuft zum Nunterspüln.
So richtig kolt wor`s desmol aa,
ober leider musst`s halt saa.
Bibbernd kom er noch am Stück
dann ins Schlofzimmer zurück.
Do socht die Edeltraut zu ihm:
„wennst recht frierst etzert do driem,
rutsch ich zu dir und wärm dich auf!“
Ganz schnell socht der Schorsch do drauf:
„Bleib ner lieng schee in deim Bett,
ganz so kolt wor`s widder net!“

Der Anruf

Der Schorsch hot aa an Enkelsohn
und der geht gern ons Telefon.
Vier Johr is er inzwischen scho,
drum lässt na aa sei Mutter no.
Neilich ruft der Schorsch dort on
und der Klaa is sofort dron.
Um zu säng, ob er`n erkennt,
hot er net sein Noma g`nennt,
socht bloß:“waaßt du denn wer ich bin?“
Erscht is ganz still im Hörer drin,
dann tönt`s:“Mama, der Opa is,
er socht, er waaß net wer er is!“

Bettgeflüster

Der Schorsch sowie sei Ehefraa,
die liegn im Bett omds alla zwaa,
um dort die ehelichen Pflichten,
wie jede Wochn, zu verrichten.
Sie sinn grod konzentriert dabei,
do fällt der Edeltraut wos ei:
„Du, Schorsch, ich möchert dich wos frong,
könntst du mir net wos dreckerts song,
wos werklich richtig schmuddeligs,
des regt mich nämlich on wie nix?"
Und der Schorsch, recht ongstrengt grod,
stöhnt:"Kinnerzimmer, Küchn, Bod!"
„Du older Depp, des maan i net,
mir sinn ja schließlich etzt im Bett!"
moniert die Edeltraut ihrn Mo,
„denk noch und stell di net so o!"
Der Schorsch hot korz a Pause gmacht
und socht dann zu ihr mit Bedacht:
„Ach so, des hob i net geahnt,
du host die Überzüg wohl gmaant!"
„Naa", socht sie leicht ärgerlich,
„es dreht sich bloß um dich und mich,
net um irgendwelche Sachen,
nur um des, wos mir grod machen."

Und der Schorsch, a wenig perplex,
verganga is ihm fast der Sex,
socht:"wos soll denn nuch dreckert saa?
Mir ham geduscht doch alle zwaa!"

Bedürfnis

Der Schorsch hot nochts getraamt amoll
vo aaner Fraa, die wor ganz toll,
wollt na verführen und so weiter,
do is er ober aufgwacht leider.
Etz wor er doch ganz schee erregt,
hot gor net lang erscht überlegt,
sei Edeltraut drum schnell aufgweckt
und ihr erzählt, wos er bezweckt.
„Und desweng weckst mi extra auf?"
brummt sie verärgert do bloß drauf,
„mach halt net immer so a Gschiss,
du waaßt doch eh, wo alles is!"

Zugabe

Schlangen

A Schlanga, des is a Reptil,
und dovo gibt`s ja ziemlich viel,
im Wasser, Urwald, in der Wüste,
bloß net on mancher Insel Küste.
Dafür trifft ma auf Strossen oft
auf Autoschlanga unverhofft!
Die sinn zwor länger a ganz Stück,
doch meist aa schneller nuch zum Glück.
An Unterschied gibt`s ober nuch,
den findtst aa in kan schlaua Buch:
bei dena Schlanga, die do fohrn,
do is des Orschloch immer vorn!